Diana Mayer Grego

SOPRAVVISSUTE

STORIE DI ORDINARIA... PREECLAMPSIA

CODICE ISBN
© copyright 2018
I edizione: settembre 2018
Riedizione: agosto 2020
Realizzazione grafica e impaginazione: Roberta Biasutto
In copertina: fotografia di Kunj Parekh / unsplash.com

Ad Andrea Tranquilli
gentilezza e umiltà
non scorderò mai

Benvenuta mamma speciale
sono pronta ad accogliere il tuo dolore,
piango con te.
Sono qui seduta di fianco a te,
pronta ad attendere che sia tu a parlare,
se vuoi stare in silenzio,
ascolterò la tua richiesta d'aiuto.
Per tutto il tempo che vorrai.
Tanto è inutile scappare,
fingere di stare bene,
quando invece non è così.
Lo sappiamo entrambe.
Non ti permetterò di usare la maschera con me.
Starò qui, senza disturbarti,
solo per mostrarti la strada
che potremmo percorrere assieme,
nella ricerca di quel sorriso spezzato
sulle tue labbra.
Sono pronta a medicare le ferite
del tuo cuore,
ma non posso farle guarire se tu non vuoi.
Non ti darò ragione quando avrai torto,
non ti permetterò di fare del tuo dolore
un'arma per difenderti o attaccare.
Ti mostrerò come far diventare
il tuo dolore energia positiva e,
anche se ora non mi credi,
un giorno ti farò sorridere.
Sono pronta a lasciarti andare
una volta che non avrai più bisogno di me

Introduzione

Nel 2004 sono stata colpita, durante la mia prima gravidanza, dalla preeclampsia, nella forma grave della sindrome HELLP.
Malattia che colpisce le donne in dolce attesa. Rara, dicono. Forse non così tanto come si spererebbe.
Di questo parleremo nei racconti che ti stai apprestando a leggere: della paura, della solitudine, del dolore e della rinascita, della speranza, del coraggio, dell'amore.
Ispirati da storie vere, storie di vita a lieto fine, altre, ahimè, no. Così com'è la vita reale.
Pieni di emozioni e sentimenti, di rapporti complicati, di incomprensioni, di grandi amori, di cambiamenti e rivalutazioni del proprio vissuto, di libertà e scelte importanti. Così com'è la vita reale.
Diari intimi scritti con la purezza con cui ci si confida agli amici. Memorie coraggiose e spontanee di madri, e padri, le cui storie raccontano di vita che inizia dal grembo materno e non finisce, mai, nemmeno dopo aver lasciato questo mondo.
Storie di bambini che hanno avuto la capacità di cambiare le esistenze di chi li ha amati e di chi li ama, a dimostrazione che le tragedie, le malattie e le sofferenze possono divenire motivazione di vita e occasione di cambiamento, apprezzamento per le cose genuine e soprattutto, da parte dei loro genitori, capacità di trasformare il loro brevissimo destino terreno in opportunità di aiuto per altre madri e altri padri che potrebbero vivere esperienze simili. Un abbraccio di solidarietà pronto ad accogliere coloro che hanno patito, o patiranno, o potranno patire, lo stesso problema drammatico.
Si leggano dunque le vite di queste donne con semplicità d'animo, così come con semplicità sono state scritte e mantenute per donarle al lettore che diventa amico. Solo con questa chiave di

lettura potranno essere comprese in pieno e il loro valore potrà essere apprezzato. Ho cercato di rispettare il più possibile la voce, unica, di ogni vittima.

Spenderò alcune pagine del libro per descrivere questa terribile patologia, senza tediare più di tanto ma soltanto per dare un'infarinatura di ciò che s'incontrerà in ogni storia, dove i racconti scorrono veloci senza soffermarsi in spiegazioni più o meno tecniche.

Soffro

Quando incontro un cuore
che conosce il mio dolore,
lo sento sanguinare.
Il suo urlo di silenzio
fa eco dentro me,
come una bomba implode,
speranza e disperazione
uniscono le nostre anime.

Cos'è la preeclampsia?

La preeclampsia è una malattia caratterizzata dall'aumento della pressione arteriosa (ipertensione) e dalla perdita eccessiva di proteine con le urine (proteinuria), che compare solitamente dopo la 20ª settimana di gravidanza. È una malattia che colpisce solo la specie umana, si manifesta esclusivamente durante la gestazione e si verifica in circa l'1,5-3% di tutte le gravidanze. Può presentarsi all'improvviso e rappresenta indubbiamente la complicanza più grave legata alla gravidanza, dal momento che coinvolge l'intero organismo materno, la placenta e il bambino. Esistono due forme di preeclampsia: una legata alla placenta, a insorgenza precoce, e una legata alle condizioni materne, a insorgenza più tardiva. Fortunatamente, i controlli per diagnosticarla ci sono, e anche le cure, ma è indispensabile la tempestività degli interventi per non provocare danni, talvolta seri, sia alla mamma che al bambino. La maggior parte delle donne affette da preeclampsia partorirà un bimbo sano e dopo il parto guarirà rapidamente e completamente. Tuttavia, le complicazioni sono possibili – alcune di queste possono essere estremamente pericolose per entrambi – e richiedono una diagnosi corretta e un trattamento adeguato.

Da un punto di vista clinico, si riconoscono due gruppi fondamentali di disturbi ipertensivi della gravidanza:
- le forme gestazionali, indotte dalla gravidanza, di cui la preeclampsia fa parte;
- le forme croniche, preesistenti alla gravidanza stessa.
I due tipi di ipertensione differiscono in modo sostanziale per quanto riguardano le cause, la fisiopatologia, la frequenza, gli esiti materni e feto-neonatali e il comportamento clinico, e non sempre la diagnosi differenziale risulta semplice. Gli effetti delle due forme sulla madre e sul feto sono completamente differenti e richiedono strategie terapeutiche specifiche.

La preeclampsia è caratterizzata da una riduzione del flusso di sangue in vari organi, dovuta al restringimento delle arterie e all'attivazione del sistema della coagulazione, in cui l'elevazione dei valori pressori e la proteinuria rappresentano solo segni tardivi di una malattia più complessa: il controllo dell'ipertensione con farmaci antiipertensivi non basta a risolvere il quadro clinico e il decorso della malattia è spesso rapidamente progressivo. Invece, nell'ipertensione cronica l'aumento della pressione arteriosa è l'aspetto patologico principale e condiziona l'intero quadro clinico; la cura dell'ipertensione è un intervento fondamentale per limitarne gli effetti dannosi sulla gravidanza. A complicare il problema, è possibile che la preeclampsia si sovrapponga all'ipertensione cronica, aggravandola, spesso durante la seconda metà della gravidanza. Per di più esiste anche un altro tipo di ipertensione, la cosiddetta 'ipertensione transitoria', che si manifesta nella seconda metà della gravidanza senza proteinuria, regredisce spontaneamente dopo il parto e, di solito, ha un decorso benigno.

L'origine della malattia è probabilmente da individuare in un'interazione anormale tra tessuti materni e placentari al momento dell'impianto dell'embrione, ma l'esatta natura delle differenze rispetto a quanto si verifica nella gravidanza normale è ignota. Certo è che la malattia inizia al momento della formazione della placenta, nelle prime settimane di gravidanza, quindi molto prima che si manifestino i sintomi. I distretti vascolari materni che dovrebbero portare sangue alla placenta per nutrire il feto, le arterie spirali, non si dilatano come succede nella gravidanza normale e il passaggio di sangue è ostacolato. La placenta, poco ossigenata, risulta danneggiata e rilascia sostanze tossiche che si diffondono nella circolazione materna danneggiando l'endotelio vascolare, un sottile strato di cellule che riveste la parete interna di arterie e vene. Proprio il danno dell'endotelio sembra responsabile dei vari disturbi caratteristici della preeclampsia, ipertensione e proteinuria comprese. L'inadeguata funzione della placenta può ovviamente compromettere anche la crescita e il benessere del feto.

Circa il 70-80% dei casi di preeclampsia si verificano in donne alla prima gravidanza, che spesso non presentano apparenti fattori di rischio. Tuttavia, coloro che hanno già avuto la malattia in una precedente gravidanza hanno maggiori probabilità di contrarla anche nella seconda. Premesso questo, ci sono alcuni elementi che predispongono alla preeclampsia: ad esempio, si possono considerare a rischio le donne che, già prima di restare incinte, soffrivano di ipertensione, malattie renali, malattie autoimmuni, diabete, stati trombofilici – cioè anomalie congenite o acquisite della coagulazione del sangue che possono provocare trombosi venose o arteriose.
Sta emergendo in modo sempre più evidente come il sovrappeso e soprattutto l'obesità grave siano importanti fattori predisponenti, come anche la gravidanza gemellare. Per di più, la preeclampsia presenta talora una netta incidenza familiare, soprattutto nelle forme gravi a insorgenza precoce: la familiarità di primo grado (madre o sorelle che hanno avuto la preeclampsia) è senz'altro un fattore di rischio. Anche l'età materna avanzata (oltre 40 anni) al momento della prima gravidanza sarebbe in grado di aumentare il rischio di preeclampsia. Potenziali fattori di rischio di origine paterna sono attualmente oggetto di studio e non se ne esclude un possibile ruolo.

Ci sono vari elementi che possono segnalare una preeclampsia. I principali indizi sono due:
- la pressione arteriosa è superiore a 140/90, valori che devono essere riscontrati in due misurazioni successive, eseguite a distanza di almeno 4 ore l'una dall'altra;

- nelle urine si rileva la presenza di proteine, che nel corso delle 24 ore risultano in quantità uguale o superiore ai valori di norma.

In particolare, si può parlare di preeclampsia grave se si registra una pressione equivalente o superiore a 160/110 e/o se la proteinuria è uguale o superiore a 5 g. In più, possono comparire altri disturbi che segnalano la serietà della situazione e che devono essere tempestivamente riferiti al medico, come un forte dolore epigastrico, cioè alla bocca dello stomaco o all'ipocondrio destro all'altezza del fegato; una cefalea intensa e persistente, che può portare anche a uno stato confusionale; crisi convulsive; alterazioni del campo visivo, come gli scotomi: delle macchie nere o scintillanti davanti agli occhi, e la visione offuscata o sdoppiata fino a cecità transitoria; accentuazione marcata dei riflessi muscolari in risposta a una stimolazione tendinea; segni di insufficienza renale quali oliguria, cioè una scarsa quantità di urine, o aumento della creatinina nel sangue. A questo punto, il medico prescriverà altri esami di laboratorio che consentiranno di avere un quadro più chiaro della situazione. Non bisogna dimenticare che, in alcuni casi, il primo segno di preeclampsia, ancora prima che si manifestino ipertensione e proteinuria, può essere il rallentamento della crescita fetale. Si dice spesso che un altro segnale caratteristico di preeclampsia è la comparsa di edemi, ma va specificato che i gonfiori alle estremità possono comparire nell'80% delle gravide normali. Comunque, è sempre meglio consultare il medico se compare un edema improvviso, soprattutto se è generalizzato e tende a peggiorare nel giro di poco tempo.

Se la preeclampsia si manifesta in forma grave e precoce e non viene curata in modo adeguato e tempestivo, le conseguenze possono essere molto gravi.

Per quanto riguarda la mamma, i danni nell'immediato sono soprattutto legati alla pressione alta, che potrebbe provocare scompenso cardiaco, emorragie cerebrali e distacco di placenta, ma si possono verificare anche danni a carico dei reni, alterazioni della funzionalità del fegato, disturbi della coagulazione fino all'evoluzione in eclampsia.

Viene definita eclampsia la comparsa, dopo la 20ª settimana di gestazione o nei primi giorni di puerperio, di crisi convulsive non attribuibili ad altre cause di natura neurologica, in pazienti non affette da malattie neurologiche. Una forma particolarmente grave e temibile della preeclampsia è la sindrome HELLP, caratterizzata da emolisi (cioè distruzione dei globuli rossi), riduzione del numero di piastrine e, tipicamente, da un danno a carico del fegato con aumento delle transaminasi. Questa sindrome si manifesta di solito con un improvviso, persistente e violento dolore alla bocca dello stomaco, irradiato a destra e posteriormente, e richiede un trattamento immediato.

Preeclampsia, eclampsia e sindrome HELLP possono anche manifestarsi nelle prime ore dopo la nascita del bambino.

Fortunatamente, di solito la preeclampsia regredisce abbastanza velocemente dopo il parto, nella maggior parte dei casi senza lasciare strascichi. Nelle forme più gravi, però, possono restare nel tempo problemi renali ed eventualmente disturbi neurologici. Per quanto riguarda invece il bambino, se la malattia ha un esordio precoce, dal momento che l'unico trattamento efficace per la madre è l'espletamento del parto (che spesso non può essere rimandato a lungo), i danni neonatali dipendono soprattutto dalla nascita prematura e in particolare dalla difficoltà a respirare. Ecco perché è fondamentale che in caso di preeclampsia precoce (cioè che si verifica a meno di 34 settimane di gestazione) siano somministrati alla madre farmaci cortisonici per far maturare i polmoni del feto, nella previsione di un parto pretermine. C'è da dire inoltre che la preeclampsia, soprattutto se grave e precoce, può compromettere seriamente la funzionalità della placenta, riducendo il passaggio di ossigeno e nutrienti da mamma a bambino, per cui il feto in utero può essere meno nutrito, crescere meno o addirittura smettere di crescere e, nei casi più gravi, non sopravvivere. Infine, dati epidemiologici recenti indicano che le donne che hanno avuto la preeclampsia hanno una maggiore probabilità di sviluppare malattie cardiovascolari e cerebrovascolari nella vita futura e che i figli di madre preeclamptica diventano più facilmente ipertesi nel corso della loro vita.

Fatta diagnosi di preeclampsia, il principale obiettivo clinico è la prevenzione delle complicanze materne e fetali. Per questo è sempre prudente ricoverare la gravida in strutture ad alta specializzazione e dotate di unità di terapia intensiva materna e neonatale. In queste strutture, infatti, vengono applicati protocolli di assistenza ben precisi da parte di un'équipe esperta formata da diversi specialisti. Questi protocolli prevedono come primo atto la stabilizzazione delle condizioni materne (controllo dei valori pressori, sostegno della funzione renale, trattamento con cortisonici in caso di sindrome HELLP, prevenzione della crisi eclamptica con solfato di magnesio) e la valutazione del benessere fetale; la profilassi dell'insufficienza respiratoria neonatale con cortisonici in epoche gestazionali precoci è doverosa. In base alle condizioni della mamma e del bambino e all'epoca di gravidanza, viene quindi scelto il momento più opportuno per programmare il parto cercando di tutelare il più possibile la salute sia della madre sia del neonato. Se si decide di protrarre la gravidanza per permettere al bimbo di crescere e maturare ancora un po', è fondamentale che questo venga fatto sotto stretta sorveglianza materna e fetale.

Come trattamento preventivo, in alcune pazienti che oltre a presentare fattori di rischio noti hanno avuto la preeclampsia in precedenti gravidanze, si può tentare di prevenire la comparsa della malattia o di ridurne la gravità somministrando una prevenzione farmacologica. Per la prevenzione della preeclampsia e delle sue recidive è molto importante tenere sotto controllo, ancora prima del concepimento, malattie preesistenti quali l'ipertensione, il diabete, l'obesità: a questo scopo sono fondamentali le consulenze preconcezionali.

Mediamente, si calcola che il rischio di ricorrenza di preeclampsia in una successiva gravidanza sia del 20%, ma con grande variabilità a seconda degli studi eseguiti sull'argomento e delle aree geografiche. Tanto più grave e precoce è stata la preeclampsia, tanto maggiore è il rischio di recidiva. Tuttavia, di solito ma non sempre, le recidive sono più tardive e meno gravi rispetto alla prima gravidanza. Il rischio di ricorrenza è più elevato (fino al 40-50% dei casi) in presenza di fattori di rischio persistenti, quali ipertensione cronica, diabete, stati trombofilici ecc. Al contrario, una precedente gravidanza normale riduce il rischio di preeclampsia in una gravidanza successiva avuta con lo stesso partner, a meno che non subentrino nuovi fattori di rischio (ad esempio età avanzata, gravidanza gemellare ecc.) e non sia passato troppo tempo dalla prima gravidanza.

Cadremo

E ci rialzeremo,
ancora una volta.
E sarà difficile
tornare a cantare,
a sorridere.
Cadremo
e ci rialzeremo
sempre più impoveriti
ogni volta senza
quel pezzo di cuore,
che mancherà per sempre.
Ci rialzeremo
a cantare,
a squarciagola,
finché il nostro canto,
con tua voce,
arriverà dove sei ora.
Seguirà il filo che ci unisce
e tu saprai
che ci siamo rialzati.
Arrancheremo in questa vita,
cadremo e canteremo,
per te!

Fortunatamente la preeclampsia mi ha lasciato mia figlia Noemi ma l'entrare in ospedale con la pancia a 31 settimane +5 giorni e svegliarsi dopo qualche ora in terapia intensiva senza, lascia il segno, la voglia di averne un altro figlio e la paura, soprattutto di chi ti sta accanto, di riaffrontare tutto questo.
Laura

La preeclampsia (in realtà HELLP) per me ha significato non poter godere appieno delle mie maternità, ma mi ha insegnato che veramente 'volere è potere'.
Stefania

La preeclampsia mi ha portato via il mio Valerio, e con lui una parte immensa di me. La cosa più terribile è stata non essere informata sulla malattia, né prima, né durante il ricovero. Una carenza del sistema sanitario gravissima.
Vivien

Partorire a 25 settimane senza aver provato le gioie della gravidanza e vedere la tua bambina soffrire per sopravvivere è come se ti strappassero cuore e anima. Riaffrontare la gravidanza credendoci e arrivare a 39 settimane senza preeclampsia è una vittoria. A Melissa e Vanessa.
Barbara

Alba al Passetto
(Francesca)

Abbiamo concepito Federica a Firenze.

Eravamo in vacanza e avevamo passato una giornata meravigliosa nella nostra città preferita, in cui torniamo ogni anno a fare il ponte dell'Immacolata.

Scopriamo di essere incinti e annunciamo a tutti il lieto evento la sera della vigilia di Natale, la più bella della mia vita. Il più bel regalo di Natale della mia vita.

Iniziano le prime visite di controllo e subito un piccolo distacco della placenta, a letto per un mese.

Tutto a posto fino alla morfologica quando ci dicono che la bimba ha un ritardo di crescita di 1/2 settimane, chiedo ai medici se è una cosa grave, se c'è rimedio, mi dicono di stare tranquilla, non mi fido e vado in un'altra struttura a più di cento chilometri da casa.

Amniocentesi, villocentesi, funicolocentesi, le faccio tutte e, per fortuna, ognuna con esito negativo: la bimba è sanissima.

Il problema è l'arteria uterina che non è cresciuta e quindi non arriva abbastanza nutrimento alla piccola. Iniziano così le nostre gite, due volte a settimana, per fare la misurazione del flusso delle arterie uterine che portano il sangue dalla mamma alla placenta. Fino a giugno, quando il flusso è quasi interrotto e io inizio a presentare i sintomi della preeclampsia.

Il mio gineangelo – lo chiamiamo così perché è un medico meraviglioso – decide di trasferirci in un altro ospedale, la bimba è piccolissima e ha bisogno di una struttura attrezzata per i prematuri.

La situazione precipita, alle 13:00 del 17 Giugno 2005 Federica nasce. Pesa solo 750 g.

Viene intubata perché i polmoni, nonostante le cure, non sono ancora pronti a respirare da soli.

Io sono allettata, con la pressione alle stelle, ma non m'interessa: voglio vedere mia figlia!

Superati tutti i problemi che hanno i prematuri sottopeso, finalmente il primo luglio decidono di estubarla. La mia piccola respira da sola, apre gli occhietti e, con la sua minuscola mano, ci stringe il mignolo!

Possiamo visitarla solo poche ore al giorno e uno alla volta, solo io e il suo papino.

Il 3 luglio andiamo come sempre da lei e subito ci accorgiamo che qualcosa che non va: Federica ha un colorito diverso e non è vispa come il giorno prima.

Chiediamo alle infermiere, che ci rispondono: «Oggi è un pochino capricciosa». I medici sono tutti in sala parto per un'emergenza, la nascita di un bimbo con gravi malformazioni.

Tornano, dopo quattro ore, si precipitano da Federica, ci portano fuori dal reparto e ci dicono che bisogna reintubarla perché da sola non ce la fa a respirare.

Non finiscono mai e al solo pensiero che la mia piccola possa soffrire mi sento svenire, e piango a dirotto. Intorno a noi, i genitori degli altri bimbi ricoverati cercano di darci conforto.

Finalmente esce la pediatra e mi consola dicendomi che non è successo nulla di grave, hanno provato a farla respirare da sola ma forse era troppo presto, ci riproveranno più avanti e andrà tutto bene.

«Non pianga, Federica sta bene, deve solo crescere!» Queste sono le ultime parole della dottoressa.

Di solito non sono così ottimisti, per non darci false speranze la mettono anche più grave di quello che è, quindi mi tiro un pochino su, se l'ha detto la dottoressa perché non crederci?

Ho però una sensazione strana, data anche dal fatto che non mi cacciano all'ora di chiusura delle visite come al solito, ma mi lasciano stare con la bimba per più di trenta minuti senza dirmi nulla.

Raccomando alla mia piccola di fare la brava, le dico che la mamma e il babbo torneranno il giorno dopo e io e mio marito usciamo.

La mattina alle 6:00 suona il telefono, mio marito risponde, è l'ospedale, la bimba si è aggravata, hanno provato di tutto, ma non c'erano speranze, è già salita in cielo, non c'è più.

Ci precipitiamo. Non abbiamo il coraggio di entrare, non vogliamo sentire, io sapevo già, me lo sento che non c'è più ma la speranza è più forte, prendo il babbo per un braccio ed entriamo nell'ufficio del dottore.

«La vostra bimba ha avuto una crisi respiratoria e non ce l'ha fatta...» E noi lì, impietriti davanti alla scrivania del medico che parla, senza una sedia per poterci sedere.

«Se volete stare con lei per un po', vi accompagno». L'hanno lavata, le hanno tolto tutti i tubicini, l'hanno messa in una culla, dentro... allo sgabuzzino!

Era meravigliosa, aveva un ghigno da dispettosa la mia piccola!

Questo è quello che ho scritto alle mie amiche nella più totale disperazione: "Il mio angioletto è salito in cielo alle 6:00 del 4 Luglio 2005 e da quel giorno non vivo più, resto qui solo per il papi con la speranza di essere un giorno un po' meno disperata e di poter dare un fratellino o una sorellina alla nostra magnifica Federica".

Alba al Passetto

... e ripenso a quella notte insonne passata a passeggiare nel corridoio dell'ospedale, a guardare quella splendida alba sul mare dalla finestra, a quando scattai anche una foto a quella meravigliosa alba. L'alba al Passetto.

Di lì a poco la mia vita sarebbe cambiata, sarei cambiata io, di lì a pochi giorni avrei perso Federica per sempre.

Sono passati tanti anni da allora, ma il ricordo è ancora lucido e presente ogni giorno. Il ritorno a casa senza nessuno da accudire, a mani vuote, a braccia vuote... Nessun genitore dovrebbe sopravvivere al proprio figlio, è contronatura, è contro ogni sopportazione del dolore. Non è facile spiegare cosa si prova.

"Un senso di vuoto e d'incolmabile malinconia", scriveva un mio amico, ed è un po' così!

Cerco di riprendermi, di andare avanti, non è facile.

Non dormo per mesi, non parlo, non esco.

Poi mi butto sulla rete, trovo dei forum che parlano di me, non di me come Francesca ma di me come mamma disperata. Capisco che ci sono altre madri che provano lo stesso dolore, le stesse sensazioni.

Grazie a loro comincio a rinascere un po'.

A distanza di sette mesi dal parto faccio degli accertamenti e poi il mio gineangelo ci dice che è tutto a posto, che se vogliamo possiamo provare ad avere un altro figlio.

Paura, ansia, senso di colpa per quel piccolo angelo che dorme in cielo e non nella culla di zia Baba!

Dopo poco tempo scopro di aspettare un bambino, la nostra speranza dura solo pochi giorni, lo perdo subito dopo.

Fortunatamente non ho dovuto subire nessun intervento, se n'è andato da solo anche lui!

Dopo un mese decidiamo di partire, di cambiare aria per un fine settimana, vado a conoscere le persone grazie alle quali ho iniziato a sperare.

Mi sento strana in quel viaggio, ho fame, sonno, spazzolo il buffet della colazione dell'hotel come non ho mai fatto, con stupore di mio marito che mi prende in giro!

Tornata a casa non aspetto, due giorni prima della data presunta del ciclo faccio il test di gravidanza.

Positivo!

Questa volta non lo diciamo a nessuno, solo alle mie amiche.

Non voglio più deludere i miei, non voglio più deludere i suoceri, le nonne, non voglio dare spiegazioni!

O almeno ci proviamo, ma fortunati come siamo mio marito ha un incidente e ho bisogno di aiuto. Non posso rischiare di perdere anche questo bimbo, non posso fare sforzi e così confessiamo ai nonni la nostra attesa.

Aspettiamo un bambino, la strada da percorrere è lunga, le paure sono tante, ma sembra che questa sia la volta giusta!

Dopo 37 settimane arriva Robertina e a lei, che ora è cresciuta, racconto sempre il giorno in cui è venuta al mondo, e mi guarda stupita, sorridente e curiosa: il taglio cesareo era programmato, dovevo partorire il 30 gennaio, ma il 28 notte la mia dolce smorfiosetta aveva fretta e mi si sono rotte le acque in casa!

Mio marito prese il telecomando per telefonare all'ospedale, dove avrei dovuto partorire due giorni dopo, a un'ora e mezza di strada da casa. Naturalmente non rispose nessuno, con il telecomando, e alle 4:00 di mattina chi vuoi che ti risponda!

Partimmo, dovevamo fare tanta strada e io non sapevo come funzionava, quanto tempo passava dalla rottura delle acque al momento del parto naturale, non potevo partorire naturalmente purtroppo, avevo il taglio fresco di Federica. Rischiavo molto, dovevo arrivare in tempo!

Per paura fummo costretti a fermarci al pronto soccorso più vicino, proprio dove Chicca è volata in cielo, ironia della sorte ritrovai la stessa ginecologa e la stessa ostetrica. Non ce la potevo fare, non volevo, non dovevo partorire di nuovo lì.

Volevo andarmene e continuare verso la struttura dove avevamo scelto di farla nascere e dove lavorava il mio gineangelo.

Mi fecero i controlli, il tracciato era buono, l'utero chiuso, volendo avremmo potuto proseguire.

E così facemmo, mi legai un lenzuolo in vita, mi coprii bene, prendemmo la macchina e continuammo il nostro viaggio.

Appena arrivati mi sentii subito a casa, più tranquilla, tanto da entrare da sola in sala operatoria e sdraiarmi sul lettino in posizione per l'anestesia.

Pochi minuti e sentii il suono della sua voce, pochi secondi e la vidi, bella come il sole, la baciai e continuai a guardarla stupita e felice mentre la lavavano.

La prima notte la tenni sempre in braccio, nel letto con me.

Guardavo lei e poi guardavo mia madre per chiederle conferma con uno sguardo, per chiederle se era vero, se non stessi sognando. E non stavo sognando, lei era lì con me, profumata, calda, morbida e vellutata.

Avevo tra le braccia mia figlia, e tuttora mi riempio la bocca ogni volta che lo dico: «Mia figlia!»

Lo zio Jo la chiama tsunami, è un carico di energia e di vitamine che toglie a suo padre e a me, ma non importa, è qui con noi e ci ha ridati alla vita.

La mia vita è cambiata, tante cose sono successe in questi anni.

Ho conosciuto persone meravigliose, ho perso mio padre, nella nostra famiglia è entrata Roberta, la speranza, l'unica ragione per vivere.

Grazie a Diana, Roberta, Monica, Lorenza, Sonia, mie compagne di dolore e mie compagne di vita.

Grazie a mio padre che è andato a prendersi cura della mia piccola Federica, insieme dipingono il cielo ogni giorno, mi mancate tanto.

Grazie a mia madre, a mio fratello e alla sua compagna, grazie ai miei suoceri.

Grazie al mio gineangelo Vincenzo.

E infine grazie a mio marito 'Poto', senza di lui, senza di noi, mi sarei persa.

Comunicare

La narrazione della sofferenza,
a suo modo, serve
per ricostruire il mondo della vita.
Quel mondo distrutto dal dolore.
L'esposizione,
la presentazione,
il racconto degli eventi
sono un ordine mentale
necessario per superarli.
Attraverso la rappresentazione
dell'esperienza vissuta
in tutto il suo dramma
si riaprono le porte
al futuro.

Mi ha lasciato Gabriele e Federico. La seconda gravidanza l'ho vissuta male perché sapevo che si stava ripresentando questa brutta patologia che infatti mi ha fatto conoscere il mio bambino a 31 settimane.
Laura

Christian, 28 settimane. Il momento più bello di una donna si è trasformato in tragedia. Ora dal cielo veglia sui suoi due fratelli! Oltre al mio primo figlio la preeclampsia mi ha portato via la gioia di vivere appieno e serenamente la gravidanza.
Eleonora

La bestia ha distrutto nell'arco di una settimana tutti i sogni e le spensieratezze che si possono avere a 24 anni. Si è portata via la mia bambina. Dove tu credi che sia tutto facile, tutto dovuto, dove credi di poter formare la tua famiglia perfetta… in un attimo invece ti ritrovi impotente e col passare del tempo hai una paura matta di non poter dare a tuo marito l'onore di diventare padre. E lì puoi cadere nel vortice della depressione. Io per fortuna non sono caduta perché ho un marito che mi ha sempre tenuta stretta e mai abbandonata. Il mio angelo Giuliamaria nata 09/01/17 morta 23/01/17.
Daniela

La preeclampsia è stata l'incubo attraverso il quale ho potuto abbracciare mio figlio e l'inizio di un percorso durante il quale ho conosciuto un'altra me stessa.
Isabella

Ricordi nascosti
(Cristina)

È incredibile come le nostre storie siano tutte molto simili, a volte proprio uguali. Leggendo le testimonianze nel gruppo 'PREECLAMPSIA - SINDROME HELLP' sul social network Facebook m'immedesimo in ognuna delle donne che scrive. Non ho mai avuto il coraggio di partecipare, ma quando Diana, che conosco da più di dieci anni e a cui sono molto grata per il suo impegno nel divulgare la conoscenza di questa patologia, mi ha chiesto se volevo partecipare raccontando la mia storia mi è venuta l'ispirazione e ho iniziato a buttare giù una riga dopo l'altra, come fosse una mano superiore a comandarla.

Sono passati tanti anni ma il ricordo di quei momenti è vivido e, forse, in tutto questo periodo l'ho nascosto al mondo come si fa con la polvere sotto il tappeto, ogni volta che lo alzi è lì, aspetta di essere rimossa.

Così, nuovamente, mi trovo a ringraziare Diana per avermi chiesto di sollevare questo manto; è giunto il momento di scopare via i fantasmi del passato che mi hanno tormentato e impolverato l'anima.

Chiudo gli occhi e scrivo, e mentre lo faccio sento tutto il peso che la patologia ha depositato su di me, come una patina unta e spessa. Ogni riga scritta è uno strato che toglie il grigiore che ha ricoperto la mia maternità, facendomi sentire inadeguata, facendomi sentire diversa dalle altre mamme. Facendomi negare il mio parto, nascondendo la gioia e spensieratezza di attendere un figlio.

Gioia che mi è stata privata dalla bestia: è così che la chiamiamo noi che l'abbiamo avuta.

Come dicevo, le storie iniziano più o meno così: Ciao, mi chiamo Cristina e sono salva per miracolo! Sei mesi fa è nato il mio bambino, prematuro di 29 settimane a causa di una grave preeclampsia. Non so cosa sia successo al mio corpo, stavo benissimo fino a poco prima della corsa in pronto soccorso, dove il medico di guardia mi ha curato per una gastroenterite. Per tutta la notte ho sofferto le pene dell'inferno e nessuno sembrava capirci nulla. Continuavano a dirmi che ero solo agitata, che andava tutto bene, che avevo mangiato qualcosa che mi aveva fatto male, che ero troppo ingrassata.

A ogni medico o infermiera che si presentava al mio capezzale per chiedermi come stavo, raccontavo la mia storia.

Ho scoperto di essere incinta fin dai primi giorni, lo desideravo questo bambino, quindi avevo monitorato l'ovulazione e avevamo avuto rapporti mirati. Sono bastati due mesi per il concepimento e la gravidanza si è presentata tranquilla, qualche nausea, mai un rigetto, esami perfetti, così come le ecografie non hanno mai dato alcun sospetto che potesse far pensare all'insorgenza di una qualche patologia in atto. Tutto meravigliosamente bello, mi dedicavo a parlare alla mia piccola pancia; ecco, piccola: forse, già solo quello – alla luce dei fatti – avrebbe potuto essere una cosa anomala, ma mi hanno sempre rassicurato che era naturale. Non sono di certo una cestista di basket dal mio metro e cinquanta. Quindi ho immaginato che questo passerotto fosse piccolo come me (che poi nemmeno il padre è di alta statura, quindi...)

Ho passato tutte le mie giornate a fantasticare sui nomi da dare sia per un maschietto sia per una femminuccia – non volevamo sapere il sesso –, ad ascoltare i piccoli movimenti che iniziavano a farsi sentire. Tutto è trascorso nella normalità, ero piena di energia e mi destreggiavo bene fra lavoro e shopping per il bebè in arrivo.

Mangiavo poco, ho sempre assunto il cibo giusto, ero normopeso all'inizio della gravidanza e per 27 settimane ho preso sì e no 4 kg, però la settimana dopo ho iniziato a mangiare pochissimo perché avevo forti dolori alla bocca dello stomaco e a sentirmi particolarmente stanca, le gambe si sono gonfiate e ho preso quasi 3 kg, praticamente a digiuno. La sera in cui sono iniziati dei dolori allucinanti allo stomaco siamo corsi al pronto soccorso.

Con il passare delle ore la situazione è precipitata: la pressione era altissima (190/120) e avevo fortissimi dolori allo stomaco e anche alla testa, con lampi di luce agli occhi. Mi hanno stabilizzato nel tentativo di evitare un parto pretermine e mi hanno fatto subito la puntura per sviluppare i polmoni del bambino. Sono rimasta ricoverata e sorvegliata speciale per tre giorni. La pressione si è stabilizzata ma, purtroppo, i reni hanno iniziato a non funzionare bene e le proteine nelle urine superavano di molto i valori consentiti. È subentrato un edema polmonare e non c'è più stato tempo da perdere: dovevano salvare il bambino e me. Mi hanno portato in sala operatoria per un cesareo d'urgenza.

Ero spaventata, non capivo cosa mi stesse succedendo. Intuivo che stavo rischiando di morire, ma non me ne rendevo realmente conto, era come se stessi vivendo in un film.

Prima di addormentarmi l'anestesista mi ha chiesto che nome avessi scelto per il nascituro. Ho gridato, in preda al panico: «E non lo so, non l'ho ancora deciso, chiedete a mio marito!» Nel frattempo, lui era stato chiamato dall'infermiera per correre in ospedale.

Poi solo silenzio.

Ricordo poco dell'accaduto e solo dopo una settimana ho compreso il rischio che ho corso: diagnosi di preeclampsia grave con sindrome HELLP, mai sentite nominare da nessun ginecologo in nessuna visita, da nessuna ostetrica in nessun corso pre-parto. La nostra è una storia a lieto fine, il mio bambino per fortuna è qui con me e posso raccontare serenamente che quando è nato pesava 1390 g, ha pianto subito ed è stato ricoverato per 53 giorni di cui 21 in incubatrice. Una volta trasferito nella culla termica, la sua situazione è sempre stata buona e non ha più avuto nessun problema grave; a 30 giorni prendeva il latte dal biberon. Si chiama Lorenzo ed è un bambino molto coraggioso, forte e pieno di vita.

Io ho avuto molti problemi e sono rimasta ricoverata per 25 giorni di cui 18 in terapia intensiva con il catetere e il diuretico in flebo per sgonfiarmi di tutta l'acqua accumulata; con pastiglie per la pressione che era rimasta altissima, un trombo agli arti inferiori, i valori del fegato sballati e non so nemmeno io quali altre complicanze perché non ero molto lucida. Durante il mio ricovero mio marito si è preso cura del nostro bambino e di me, è stato un eroe! Gli sarò per sempre grata per tutto il coraggio e l'amore dedicatici.

Sono consapevole che siamo stati fortunati e quindi non posso concludere il mio racconto senza un pensiero, una preghiera, un abbraccio affettuoso per tutti i genitori speciali che hanno subito questo trauma che ha reso la loro maternità e la gioia dell'attesa un calvario.

Ultimo, ma non d'importanza, un bacio grande – e non trattengo le lacrime – a tutti i bambini speciali che non ce l'hanno fatta e sono volati in cielo troppo presto.

Insegnamenti

Mi sarei persa nei tuoi occhi,
volo di farfalla
ti avrei insegnato
ad amare i fiori
ti avrei insegnato
a rispettare la natura
ti avrei insegnato
a correre nei prati
ti avrei insegnato
a rialzarti dopo una caduta.
Ma tu hai messo le tue ali
e mi hai insegnato a volare.

Mi ha dato Aurora. Una bella e vispa bimba di quasi 2 anni. Mi ha lasciato paura, senso d'inadeguatezza e rabbia. Tanta. Per non aver saputo, non aver ricevuto assistenza ed essere stata lasciata sola dopo un'induzione e per le parole «La bimba è troppo piccola, ora dentro di te sta male». Parole che mi hanno tormentato più delle contrazioni, che si sono portate via la gioia per la nascita e per il fatto che tutto alla fine è andato bene.
Valentina

Ho vinto due volte contro di lei. Con Debora, nata a 33 settimane, mi avevano dato 6 ore di vita. Con Diana, nata a 40 settimane, non si è presentata. Possiamo farcela!
Sara

La bestia si è portata via la mia piccola Emma, nata con cesareo a 27 settimane. È vissuta solo 4 giorni. Questa esperienza ha portato via una parte di me, la parte spensierata e solare. Mi è mancata la terra sotto i piedi, sono sprofondata, ma grazie all'amore di mio marito e dei miei familiari mi sono rialzata e oggi posso dire che sono una Donna più forte e piena di speranze per il futuro. Vivo la vita giorno per giorno. Sono viva! E cerco di vivere a pieno giorno dopo giorno. Lo devo al mio piccolo Angelo. Lo devo a Emma.
Claudia

Ha rappresentato un immenso dolore vedere mia figlia in un'incubatrice. Ma mi ha lasciato tanta forza di riprovarci e di sconfiggere la bestia. Sono una donna più forte!
Valentina

Mi dispiace, non c'è battito

(Deborah)

Io che non avevo mai pensato alla maternità con gli occhi a cuore. Io che non avevo mai preso in braccio un bambino. Io che avevo deciso di avere un figlio perché mio marito sarebbe stato un ottimo padre e prima o poi l'avrei fatto comunque, quindi tanto valeva provarci.
Io che cercavo come guarire dall'ovaio policistico e mi sono scoperta incinta.

«Mi dispiace... non c'è battito!»

Io che fino a 20 giorni prima stavo bene, anche se ero ingrassata molto velocemente negli ultimi tempi. Io che sono stata in pronto soccorso due volte perché avevo dolori al braccio e allo stomaco e nessuno ha capito cosa stava succedendo. Pressione alle stelle, ricovero. Uno specializzando ha guardato lo schermo ed è uscito senza dire nulla ma il suo sguardo è valso mille parole, poi è entrato un dottore gentile, umano, che mi ha detto la verità su quello che mostrava l'ecografia.

«Mi dispiace... non c'è battito!»

Preeclampsia! HELLP! Cos'è? Perché? Non si sa.
Sballottata, abbandonata, terrorizzata.
In quel momento sono diventata madre. In quelle interminabili ore in sala osservazione ho potuto pensare e rendermi conto di quello che stava succedendo.
Non me n'ero accorta ma ero già una mamma. E non ho potuto fare nulla per lui. Non l'ho amato come avrei dovuto quando potevo.
E ho capito che volevo un'altra occasione. Che volevo essere madre a tutti i costi. Che lo dovevo a lui e a me.
Così ho chiesto aiuto, prima a mio marito che è stato sempre al mio fianco e mi ha fatto capire che nonostante tutto sono una

donna fortunata. E poi alle amiche di 'Sulle ali di un angelo': mia ancora di salvezza. Grazie a Diana e alle altre coraggiose madri sono stata indirizzata a un professore di Bologna che mi ha fatto un consulto.

Vista la distanza, gli ho chiesto di consigliarmi un medico di fiducia; mi ha fatto conoscere un professore della mia città, Padova.

Alla prima visita ho avuto un tuffo al cuore. Era il dottore gentile che aveva eseguito l'ecografia. Con tutti i dottori della mia città mi avevano mandato proprio da lui: era un segno. Lui mi avrebbe aiutato.

Mi sono buttata anima e cuore nella ricerca di una nuova gravidanza, fra analisi, cicli sballati, stick, temperatura, grafici. Il dottore gentile mi consigliava e mi ascoltava. Mi ha fatto prendere dei farmaci per prevenzione e mi ha dato tanta fiducia.

Dopo qualche mese ho visto le due lineette rosa.

Visto che a Padova c'è un centro GAR, ho deciso di essere seguita lì per le visite di routine e, al primo appuntamento, una nuova piacevole sorpresa. La responsabile era la dottoressa che mi aveva operato l'anno prima salvandomi la vita e l'utero.

Non poteva essere un caso. Doveva essere un segno che sarebbe andato tutto bene, che quella era la mia occasione.

Così passammo insieme i mesi successivi, con visite prima mensili, poi settimanali. Facevo la profilassi con i farmaci adatti al mio caso.

L'ematologo non mi ha mai saputo dare le risposte ai miei dubbi, così so quello che è successo ma non il perché.

Andavo al centro col mio pacco di analisi e poi passavo dal professore per l'ecografia. Sono stata sempre sicura di essere in buone, ottime mani. Sapevo che queste due persone, questi due angeli, erano accanto a me e mi avrebbero aiutato a realizzare il mio, il nostro sogno.

La sera ascoltavo il battito con mio marito, ogni volta un brivido, ma poi il dolcissimo tum-tum-tum ci faceva sentire meglio.

La mia seconda gravidanza è stata bellissima.

Okay, ho avuto nausee fino in sala parto, ma ne è valsa la pena.

Okay, qualche volta mi sono sentita impreparata e impaurita. Ma sono stata al mare col pancione e ne ero orgogliosissima. Era bellissimo indossare vestiti prémaman e preparare la cameretta. È stato bellissimo essere davvero consapevole di quello che stava succedendo.

Alla 34ª settimana ho avuto dei problemi di stomaco e per sicurezza mi hanno ricoverato. Il primario voleva farmi il cesareo il giorno dopo.

Ho detto di no. Mi sono opposta. E i miei angeli mi hanno aiutato facendomi dimettere dopo due giorni.

Alla 36ª settimana, in seguito a un rialzo pressorio, mi hanno portata in sala parto per il monitoraggio. «Domani cesareo» mi ha detto il professore.

"No! Non si può. È troppo presto… la mia bambina deve crescere ancora" ho pensato.

Ho chiamato disperata la dottoressa che, ancora una volta, mi ha aiutata.

Sono rimasta ricoverata due giorni e poi sono riuscita a tornare a casa, però è stata l'ultima volta. Abbiamo fissato il cesareo per la settimana successiva.

Così il 28 ottobre 2009 mi sono avviata serena verso la sala parto, con una maglietta di Snoopy e gli slip in tasca perché mi hanno acchiappato al volo mentre finivo la doccia.

Mia sorella è venuta a farmi gli auguri mentre mi mettevano la flebo.

Ero serena, ero fiduciosa. Sapevo che poco dopo avrei conosciuto la mia principessa tanto amata da tutti prima ancora di venire al mondo.

In sala parto sono arrivati i miei angeli. "Sono una VIP" ho pensato, mi sono sentita davvero fortunata nelle loro mani.

Dopo meno di mezz'ora, eccola. La mia principessa bellissima, minuscola ma perfetta. 2400 g di miracolo.

Era piccola ma stava bene.

La sera sono riuscita a tenerla un po' in braccio e finalmente ho capito di avercela fatta. Che ce l'abbiamo fatta.

Con noi ora c'è Aurora. La nostra nuova alba, la nostra rivincita, la nostra vita.

Ci riempie le giornate con i suoi sorrisi, con le sue scoperte, con i suoi abbracci.

Ma nel nostro cuore c'è sempre anche Samuele, che ci accompagna guidando ogni nostro passo, ricordandoci che tutto si può fare se si vuole. Se c'è l'amore e un po' di coraggio. E magari anche un pochino di incoscienza.

Ora, se penso a una nuova gravidanza, so che ci saranno i miei angeli, e per i momenti difficili le meravigliose amiche che volano "sulle ali di un angelo".

Essenza

Ciao piccolo fiore,
grazie per tutto
quello che mi hai donato.
Per te avrei
spostato le montagne
e l'avrei fatto.
Tu hai deciso che le montagne
dovessero rimanere ferme,
ma non il nostro amore.
Ritorno nel grembo
del tempo a noi concesso,
assaporo la tua essenza.

La preeclampsia è stata un temporale d'estate. Entrare in un mondo che ti è completamente estraneo e a cui mai avresti pensato... fatto di medici che parlano parlano e tu non sai cosa succede, fatto di mille ricoveri e paura che la tua gravidanza da sogno, come nei film, non ci sia più. Ma come tutto, passa: la mia 'guerriera' adesso ha 4 anni ed è stata solo l'inizio della mia famiglia. Adesso siamo in 5. Ho vinto io, e il mio desiderio di essere mamma.
Roberta

Preeclampsia... fino a 7 anni fa una sconosciuta.
Quando ho scoperto la preeclampsia aspettavo Benedetta, la mia prima figlia, e a 34 settimane, con un cesareo d'urgenza, è nata. Abbiamo trascorso giorni a combattere tra la vita e la morte ma ce l'abbiamo fatta.
Poi, un anno fa, la seconda gravidanza vissuta con mille ansie e paure, ma la bestia è stata lontana da me e mi ha portato Beatrice. Ringrazio sempre il Buon Dio e la vita per il grande dono che mi hanno fatto.
Luisa

La preeclampsia mi ha lasciato Marika, il mio amore immenso, nata a sole 26 settimane, ma anche tanto dolore e l'angoscia di perderla nei lunghi mesi in Terapia Intensiva Neonatale. Mi ha lasciato il senso di colpa di non aver saputo proteggerla e tenerla al sicuro dentro di me e mi ha fatto sentire inadeguata e spaventata al punto di portarsi via il sogno di avere un altro figlio.
Monika

Una gravidanza lunga

(Daniela)

Agosto 2007: ancora pochi giorni e poi, finalmente, conoscerò Andrea.

È stata una gravidanza lunga.

Mi accorgo di essere incinta il 27 dicembre, un bel regalo di Natale, ma da quel giorno inizia un periodo difficile, fatto di gioia ma anche di momenti di ansia, di preoccupazione. So bene che non sarà una gravidanza spensierata, che passerò pensando solo a godermi i momenti insieme al mio pancione. So che mi dovrò sottoporre a molti accertamenti, visite e consulenze. So che verrò trattata come gravidanza patologica, gravidanza a rischio. Ma accetto tutto perché mi sembra che la vita me lo debba.

Faccio un passo indietro al 31 agosto 2005, al termine di una bellissima gravidanza. Anzi, sono già oltre il termine e, nella visita di controllo di oggi mi hanno detto che domani, se non ci sono problemi, mi indurranno il parto perché Roberto (così abbiamo deciso di chiamare il nostro primogenito) è un bel bambinone di oltre 4 kg completamente sviluppato. Il termine è scaduto da tre giorni, possiamo provare ad accelerare le cose, quindi questa notte mi terranno in ospedale e domani mattina presto inizieranno con un gel per vedere se le contrazioni partiranno da sole. Dopo la cena e la visita dei parenti mi sdraio un po' a letto, a pensare che domani finalmente avrò il mio Robertino tra le braccia.

Ma così non sarà.

Alle 21:00 passa l'ostetrica per rilevare il battito cardiaco ma Robertino non si fa sentire, quindi lei decide di farmi un'ecografia veloce per evitare di preoccuparci. Inizia, ma si interrompe subito dicendo che deve chiamare il medico di turno. Arriva il primario e mi dice le parole che nessun genitore vorrebbe mai sentirsi dire: «Signora, mi dispiace, ma non c'è il battito...»

Di lì inizia il periodo più difficile e duro della mia vita. Decido, contro la volontà dei medici, di sottopormi al taglio cesareo; non riesco a immaginarmi un parto spontaneo e poi non sentire il suo pianto di vita!

Vengo sottoposta a tutta una serie di analisi genetiche in quanto il mio bambino è perfetto, non aveva giri di cordone attorno al collo, l'autopsia non dà nessun esito particolare. Ma anche da tutte le analisi fatte non viene fuori nulla (a parte un valore alterato ma perché le analisi sono state fatte in contemporanea al taglio cesareo che ne ha alterato il risultato).

Dopo tre giorni torno a casa con le braccia vuote e il cuore gonfio di dolore.

Inizio subito a pensare che la vita mi debba qualcosa, che io mi sento mamma anche se non ho nessun bambino con me. Mi sento troppo fragile. Ho tanta paura e sia il mio fisico sia la mia mente non sono pronti. Tutti i medici che incontro mi dicono di pensare subito a un altro bambino, a un'altra gravidanza. Io non ci riesco. Per fortuna, nel momento peggiore della mia vita incontro una ginecologa che, oltre a curarmi, mi capisce, mi consiglia di aspettare, mi spiega che mi accorgerò da sola quando arriverà il momento in cui la mia mente sarà pronta ad affrontare una nuova gravidanza e che la vivrò in modo completamente diverso dalla precedente.

Così sono passati esattamente due anni. In questo periodo conosco 'Sulle ali di un angelo', un gruppo di mamme che hanno vissuto la mia stessa esperienza.

Insieme a loro e, soprattutto, congiuntamente al mio compagno, inizio ad acquistare un po' di serenità e di fiducia in me stessa. Vivo le dolci attese delle ragazze del forum con un po' d'invidia e molta apprensione, vedo che è possibile arrivare al termine e che potrei farcela anch'io.

Così Tiziano e io iniziamo la ricerca: i primi tre mesi di tentativi falliti mi mettono in agitazione, così decidiamo di stare tranquilli tutto il mese di dicembre (oltretutto Robertino è stato concepito proprio a dicembre, quindi vogliamo evitare di rendere tutto uguale). Invece, è proprio in dicembre che viene concepito Andrea. Ricordo l'ansia di quando ho provato a fare il test il 27 dicembre (da sola, non volevo dare illusioni al mio compagno), consapevole del fatto che tutte le tappe di questa seconda gravidanza sarebbero state subito messe a confronto con la precedente.

Avviso subito la mia ginecologa, che mi prende in carico nel centro GAR dell'ospedale ostetrico della mia città dove già avevo partorito Robertino.

Sono nove mesi molto duri. Non ho particolari problemi: qualche nausea, pochi fastidi e tutti passeggeri. Ma per me, per mio marito e per tutti quelli che ci sono stati vicini è un periodo difficile. Trovo il sostegno incondizionato del mio compagno (che mi trova in lacrime in piena notte perché non ho ancora sentito muovere Andrea, che mi accompagna in ospedale la domenica perché mi sembra che qualcosa non vada, che mi ascolta paziente quando gli dico quanto mi sento in colpa nei confronti di Robertino), della mia famiglia (che con discrezione mi sta sempre vicina), di alcuni amici (che sopportano sbalzi di umore e periodi di completo silenzio).

E così arriviamo al 21 di agosto del 2007. Visita di controllo per organizzare il parto. La mia ginecologa mi prospetta un parto naturale sotto controllo, ma io rifiuto. Non posso aspettare di arrivare al termine o anche oltre, di rivivere quello che ho passato con Robertino.

Mi impunto per un taglio cesareo, voglio essere sicura di fare il meglio per Andrea.

Decidono allora di programmarlo per il giorno dopo. E io non ho neppure pronta la borsa per il ricovero!

Questa volta non ho preparato proprio niente (anche se so che mia mamma mi ha tirato fuori tutta la roba di Robertino e me l'ha sistemata per tempo). Abbiamo solo prenotato il Trio, ma non abbiamo ancora ritirato nulla.

Resto in ospedale mentre Tiziano va a recuperare il necessario per il ricovero. Cerco di non pensare a nulla. Sono nello stesso reparto, con le stesse ostetriche e infermiere dell'altra volta, due anni fa. Cerco di non sentire il pianto dei bambini appena nati, di non vedere la gioia delle neomamme. Ho troppa paura. Non posso sentire la frase che mi viene rivolta dalle persone che non conoscono i miei precedenti: «Ormai ci sei, cosa vuoi che capiti?»

La notte passa, mi fanno molti controlli (immagino anche per tenermi in qualche modo tranquilla) e il mattino torna Tiziano per darmi il suo appoggio morale.

Finalmente arriva l'ora del cesareo. Mi portano in sala operatoria (ma danno la precedenza a un intervento urgente, senza avvisare Tiziano fuori dalla sala), mi preparano per l'anestesia epidurale e poi tocca a me.

Sono stati momenti unici, di emozione pura. Mi hanno chiesto se volevo vedere subito Andrea, hanno spostato un poco il telo verde e l'ho visto... Non posso descrivere quei momenti. Ho sentito che finalmente avevo il cuore un po' più leggero.

Robertino era con me, in quel momento, e lo è ancora adesso che aspetto il terzo fratellino.

Lieto fine

Quante volte, nella vita,
ci siamo detti:
è andata bene?
Le librerie strabordano
di meravigliosi racconti a lieto fine,
nonostante lotte difficili,
innumerevoli difficoltà
arriva sempre la cavalleria a salvarti!
Ma quando il lieto fine non c'è?
Quando non abbiamo più nulla
in cui credere e per cui lottare?
Quando sappiamo che la cavalleria
non arriverà mai più!
Ed è proprio a questa categoria
di persone che noi ci rivolgiamo
tendendo la nostra mano.
Per sostenerli
tutte le volte in cui leggeranno
le meravigliose storie
dal finale struggente,
e si chiederanno,
con il cuore spezzato,
perché la mia no?

Un incubo arrivato all'improvviso dopo 36 settimane di serenità! Salvati per miracolo, un mese di agonia per me in rianimazione, ma alla fine ho potuto abbracciare il mio arcobaleno... il mio miracolo! Riccardo (2 kg e 400 g x 46 cm).
Stella

La preeclampsia mi ha fatto vivere la gravidanza con la costante angoscia che qualcosa potesse non andare, e con l'ansia di finire in fretta l'attesa. Però la paura è stata ripagata con due splendidi fiori: Diletta e Noemi!
Elisa

La prima gravidanza... la più attesa, passata a sognare un parto meraviglioso... distrutto da questa bestia.
Il risveglio in terapia intensiva senza sapere né ricordare il motivo per il quale ero finita lì dentro.
«La bambina sta bene, è in Terapia Intensiva Neonatale ma sta bene» sono le uniche parole di mio marito che ricordo, e poi di nuovo il buio.
Ho visto mia figlia solo una settimana dopo il parto, minuscola e indifesa, e nello stesso tempo una guerriera. Rebecca, la mia piccola guerriera.
Tre anni dopo abbiamo voluto riprovarci. Spaventati e attenti a ogni minimo cambiamento. È andato tutto bene. Ho partorito a 40 settimane senza che la bestia si sia fatta viva. Rebecca e Matilde, le mie gioie più grandi.
Alessandra

Ti leggo una fiaba
(Sonia)

Ciao, mi chiamo Sonia e quella che voglio raccontarvi è la storia di due fratellini, i miei due figli Giacomo e Simone. Giacomo, purtroppo, dopo 23 giorni di vita ci ha lasciati. Simone, nato dopo nove lunghi mesi di ansie e di paure, controlli serrati e terapie, ora è la nostra ragione di vita.

Tutto è iniziato ad aprile, la settimana prima di Pasqua, mi sentivo strana, stavo lavorando molto. Avevo, da poco, iniziato un nuovo lavoro e stavo facendo un corso di aggiornamento, ma ero stanca, molto più del solito. Mio marito era dai suoi genitori, dopo qualche giorno lo dovevo raggiungere, ma questa spossatezza…
Poi, l'illuminazione, sono corsa in farmacia ma già sapevo: test positivo!
"Aspetto un bambino, mio Dio, e adesso?" Non posso nascondervi che in un primo momento ho avuto paura, mi sono arrabbiata con me stessa. "Proprio ora, con tutte queste cose nuove, come farò con il lavoro, cosa penseranno di me?"
Un po' di paranoie durate solo un attimo, poi la felicità, quella vera, assoluta, si è fatta strada. Il mercoledì prima di Pasqua dovevo raggiungere mio marito, sono corsa in un negozio di articoli per bimbi e ho comprato un biberon, ho fatto un tenero pacchettino e ho scritto, in un biglietto: "In anticipo, ma così impari a usarlo". Avevo deciso di comunicargli in questo modo che sarebbe diventato papà. Sono atterrata a Bari in una luminosa mattina, calda, e lì in mezzo al sole gli ho consegnato il suo regalo. Ha capito subito. Pensare che non lo avevamo cercato questo figlio. Non dimenticherò mai i suoi occhi, come brillavano, non li ho mai più visti così spensierati. Sono iniziate delle settimane splendide, non avevo nessun disturbo salvo delle piccolissime perdite risolte con il riposo. Eravamo felici, tutto procedeva meravigliosamente.
Ho fatto l'amniocentesi: un maschietto. La gioia assoluta. Siamo andati in vacanza da soli, era tanto che non facevamo un'intera

settimana tutta per noi.

«Che poi sarà l'ultima che faremo da soli per un bel po' di tempo» ci siamo detti. Come ci sbagliavamo.

Durante le vacanze ho comprato un libro molto interessante sulla gravidanza, partiva dal concepimento per arrivare alla nascita e parlava pure di patologie. Lì, per la prima volta in vita mia, ho letto il termine 'sindrome HELLP'. "Che strano termine" ho pensato, e subito dopo mi sono detta: "Be', dice che è rarissima. Salto il capitolo e salto tutto quello che parla della prematurità e della morte del bambino". Insomma, ricordo di aver ragionato: "Capiterà pure a qualche sfortunata ma a me proprio no".

Al rientro dalle ferie, la prima settimana di agosto, è la 20ª settimana di gravidanza; facciamo la morfologica, tutto bene, tutto nella norma, il piccolo cresce, peso stimato 450 g la dottoressa mi dà appuntamento per metà settembre e si raccomanda di iniziare il corso di preparazione al parto. Dopo circa dieci giorni, una mattina appena alzata mio marito mi guarda e mi dice: «Tesoro, ma non hai dormito questa notte? Hai gli occhi gonfi».

Io lì per lì non do peso a questa cosa, sto bene, sono in forma, è sabato e il pomeriggio dobbiamo andare a vedere l'arredamento per la cameretta. Sono un'infermiera e la mia parte razionale prende il sopravvento; sarà meglio che mi misuri la pressione, così per scrupolo. È alta: 100/150. Telefono alla ginecologa, che mi dice di non preoccuparmi e di passare da lei il lunedì. Così faccio, la mia pressione è ancora alta, durante la visita mi fa l'ecodoppler delle arterie uterine e le resistenze sono elevate, è preoccupata.

Inizio una terapia e mi dà appuntamento per un controllo una settimana dopo, passa la settimana, io inizio ad aver paura, la pressione non scende e il piccolo non cresce. Continuiamo a monitorare la pressione e faccio gli esami delle urine dove si riscontra una proteinuria; riprendo in mano il libro sulla gravidanza. Leggo tutto quello che riguarda le gravidanze a rischio poi mi dico: "Adesso basta mi sto facendo suggestionare, mi sembra pure di sentire il piccolo che si muove meno… mi sembra di impazzire, mi ha messo a riposo, sono chiusa in casa con tutti i miei dubbi, le mie ansie, le mie paure!"

Passo le giornate distesa sul divano, con la mano accarezzo la pancia, e inizio a leggere a voce alta le fiabe al mio dolce tesoro, sperando in questo modo di fargli capire quanto bene la sua mamma gli vuole.

Intanto la pressione rimane costantemente alta, inizia il mal di testa e una sera ho un'epistassi. Cerco di nasconderla a mio marito che è seduto vicino a me, ma se ne accorge e giustamente vuole portarmi in ospedale, litighiamo. Io non voglio andare, dentro di me so già, ho la certezza che non tornerò a casa per un lungo periodo di tempo. Vince lui.

Arrivo in ospedale, la pressione è alta e gli esami sballati. Mi ricoverano, mi mettono in una camera con altre quattro ragazze, una è appena entrata incinta di 26 settimane, io sono di 24, abbiamo più o meno la stessa sintomatologia ed è subito amicizia. Gli altri due letti sono occupati ma momentaneamente vuoti, le ragazze sono in sala parto. Durante la notte – bestiale per me, mal di stomaco, mal di testa, vomito, controllo pressorio e prelievo ogni due ore – le due neomamme rientrano in camera con i loro bimbi appena nati e bellissimi; per Cristiana – così si chiama l'altra ragazza – e me un tuffo al cuore, a ogni vagito ci ritroviamo a piangere in silenzio, mentre intorno a noi inizia il viavai gioioso dei parenti.

Per fortuna, a orario di pranzo le infermiere capiscono che non ci possono lasciare insieme alle mamme e veniamo trasferite in una cameretta a due letti, solo Cristiana e io. Di quelle lunghe giornate, in cui eravamo praticamente costrette a letto tra alti e bassi, ricordo le lunghe chiacchierate, le dicevo sempre: «Vedrai, non avere paura, questi due pargoletti li porteremo al parco a giocare insieme».

Ho sempre cercato di essere positiva nonostante tutto, di far coraggio agli altri, mi ricordo che a tutti dicevo: «Non vi preoccupate io sto bene», anche se non stavo bene per niente, «Andrà tutto bene», anche se dentro di me sapevo che niente sarebbe andato bene. L'unico con cui mi lasciavo andare era mio marito, anche perché iniziavo a capire che nostro figlio sarebbe nato prima del tempo e volevo che lui fosse pronto per affrontare questa eventualità, volevo che capisse che non si sarebbe trovato davanti un bimbo paffutello e roseo, ma un prematuro con tutti i problemi connessi.

Il mio ricovero dura 15 giorni fra terapie ed esami, le mie vene non si trovano più, mi incannulano un'arteria per riuscire a farmi i prelievi, al ricovero pesavo 76 kg, la mattina del cesareo ne peso 96, faccio fatica a muovermi, anche il semplice respirare è difficoltoso ma, nonostante tutto, andrei avanti altri due mesi se servisse. Nessun sacrificio in quel momento mi sembra tale. Il giorno prima del cesareo la ginecologa mi fa l'ecografia di controllo e dice che il bimbo non è cresciuto ma è vitale e che faremo l'altro controllo ecografico la domenica. È martedì.

Io penso: "Che bello, altri cinque giorni in più per il mio bambino", ma il cervello urla: «Io non ci arrivo così a domenica, non posso farcela!» Sono allo stremo, esausta, ma voglio resistere per il bene del mio piccolo Giacomo. Dopo un consulto tra medici vengono a dirmi che farò il cesareo il giorno successivo: i miei esami stanno sballando, le condizioni fisiche non permettono di aspettare ulteriormente e il piccolo, dal momento del ricovero, non è più cresciuto. Nel frattempo fanno nascere anche Sebastiano, il figlio della mia compagna di stanza: pesa 910 g, è stato intubato e lotta; nella nostra camera non c'è felicità, non c'è gioia, solo una cappa grigia che ci avvolge.

Passano le ore e si avvicina il momento in cui diventerò mamma, ma non mi sarei mai immaginata che sarebbe stato così, non era quella la gioia che avevo immaginato di donare a mio marito, lui doveva essere con me quando suo figlio fosse nato, avremmo dovuto condividere questi attimi di gioia, invece eravamo in preda al terrore.

La neonatologa ci dice che il bambino potrebbe non sopravvivere al parto. Tra lacrime e sorrisi tirati entro in sala parto, le mie condizioni sono stabili ma ho un grosso edema a livello della schiena e l'anestesista per farmi la spinale mi fora ben sei volte; io piango dal male, dalla paura chiedo di essere addormentata, non voglio vedere, non voglio sapere se mio figlio è morto. L'anestesia totale non si può fare, mi spiegano, è troppo rischiosa per il bambino e allora sopporto l'ennesimo foro nella schiena e finalmente funziona, mi addormenta dalla pancia in giù e iniziano l'operazione. Appena mi tagliano si trovano davanti a un problema: un versamento ascitico; il chirurgo è bravo, mi tranquillizza e drena dalla mia pancia quasi quattro litri di liquido.

Alle 11:41 del 13 settembre nasce Giacomo, pesa 510 g, è un piccolo campione, riesce persino a farmi sentire il suo debole pianto e, mi dice la mia carissima amica che è venuta in sala operatoria con me, alza le sue lunghe manine al cielo come a voler dire al mondo: «Ci sono anch'io, sono arrivato».

Non me lo fanno vedere, mi dicono solo che è vivo, lo portano in Terapia Intensiva Neonatale, io piango.

Sento dolore ma il mio pensiero è tutto per quel piccolo essere che sta lottando per stare con noi. Finito l'intervento vengo trasferita in una saletta di osservazione, chiedo notizie di mio figlio, nessuno sa niente. Mio marito è davanti al reparto di Terapia Intensiva Neonatale e attende che glielo facciano vedere, io aspetto tra controlli di pressione ed esami del sangue che, per fortuna, stanno rientrando nella norma.

Finalmente arriva mio marito, l'ha visto! Il nostro piccolo scricciolo... me lo descrive, bello e vivace, non lo hanno intubato, riesce a respirare da solo e già questo per un bimbo di quel peso a 26 settimane è un vero e proprio miracolo. Gli ha scattato una foto. È vero: è piccolino ma bellissimo. Voglio andare a vederlo ma non posso, almeno fino al giorno dopo. Ecco, sono mamma, ma non mi sento tale, non sono pronta per affrontare questa situazione. I miei genitori e i genitori di mio marito cercano di farsi vedere felici ma nei loro occhi c'è solo tristezza, paura; mia madre e mia suocera vanno a comprare un fiocco azzurro… ed è giusto! Giacomo è nato, dobbiamo comunque festeggiare il suo arrivo, io vorrei soltanto essere lasciata da sola a piangere, mi sento svuotata, sfinita. Dov'è finita la mia pancia? Fino a due ore prima il mio piccolo era lì al calduccio e io lo proteggevo e ora sta dentro a una scatola di plastica a lottare per sopravvivere e non sente né il calore della sua mamma né quello del suo papà. L'unica cosa che un pochino mi rincuora è pensare che ha vicino il bimbo della mia amica. Chissà se un pochino dell'affetto che è nato tra di noi in questi giorni passa anche tra di loro e così si sentono meno soli? Voglio sperarlo con tutto il cuore.

Finalmente il giorno dopo, nonostante le mie condizioni non siano al massimo, riesco ad andare da lui. Le infermiere della Terapia Intensiva Neonatale quasi non vogliono farmi entrare, ho ancora l'arteria radiale incannulata per fare i prelievi, sono su una sedia a rotelle perché non riesco a stare in piedi. Uno straccio! Vedendo i miei occhi capiscono e mi lasciano avvicinare alla casetta del mio Giacomo per alcuni minuti.

Ancora adesso non riesco a descrivere che cosa ho provato in quel momento, i miei occhi l'hanno solo sfiorato, non riuscivo a credere che veramente quel esserino fosse mio figlio.

Un'infermiera mi chiede cosa sia successo, e quando le dico della sindrome HELLP mi confessa di non conoscere questa patologia. Rimango ricoverata per altri tre giorni, mi dimettono che sto a malapena in piedi, gli esami sono sballati e la pressione ancora alta ma piano piano le cose stanno rientrando. Il mio ritorno a casa non è così che me lo ero immaginato, dovevo avere il mio bimbo tra le braccia, il giorno che lo avrei portato a casa doveva essere una festa e invece era triste, tanto triste. Io vado a casa e lui rimane lì in ospedale: da solo. Inizia così il nostro viavai dalla Terapia Intensiva Neonatale, per fortuna abitiamo vicino all'ospedale, io riesco a entrare ogni tre ore, mio marito due volte al giorno e andiamo avanti per venti giorni. Venti giorni in cui nessuno ci dà speranze, ma non ci sono nemmeno peggioramenti e, allora, iniziamo a crederci. Una mattina, è domenica, arrivo in reparto e lo vedo diverso, più sofferente, strano. Chiedo all'infermiera, la quale mi dice di non preoccuparmi, che è normale che ogni tanto si sentano un pochino più stanchi.

Torno a casa, ho una strana sensazione e per la prima volta da quando è nato piango, piango stretta a mio marito che cerca di rassicurarmi, ma ho paura. Torniamo il pomeriggio e la sera, lo troviamo sempre più affaticato, ci rassicurano ancora. Quella notte non dormiamo molto, è come se qualche cosa ci tenga svegli.

Al mattino, sono le 7:00, squilla il cellulare: è l'ospedale. Guardo mio marito terrorizzata, rispondo. Il primario, mi dice che durante la notte Giacomo è peggiorato, probabilmente è subentrata un'infezione, hanno dovuto intubarlo. Corriamo in ospedale ma c'è la visita. Non ci fanno entrare, litigo con l'infermiera. Come può tenermi fuori mentre dietro a quelle porte mio figlio sta morendo?

Seduti in quella sala d'aspetto capisco che mio figlio non lo stringerò mai tra le braccia, non lo vedrò mai crescere. Quante volte, passando davanti alla sala d'aspetto della rianimazione dell'ospedale dove lavoro, ho guardato i parenti seduti lì fuori e mi sono chiesta: "Dio mio, che cosa si proverà ad avere una persona che ami lì dentro?" Ora lo so! Il mio cuore si sta lacerando.

Quello che più mi rende cosciente del fatto che siamo arrivati al punto senza ritorno, è l'evitare di guardarci delle infermiere: sino a due giorni prima ci sorridevano gioiose, quella mattina si sottraggono al nostro sguardo.

Quante volte durante il mio lavoro mi sono comportata anch'io così, quante volte ho accompagnato, lavorando in un pronto soccorso, i genitori a veder i loro figli morti e anch'io ho schivato così il loro sguardo per paura di leggerci un dolore devastante...
Finalmente, alle 11:00, riusciamo a parlare con un medico che ci chiede se vogliamo farlo battezzare.
È il nostro anniversario di nozze, Giacomo viene battezzato tra le lacrime mie e di mio marito che ci teniamo stretti davanti all'incubatrice. Passano altri tre giorni, tre giorni di attesa straziante in cui sembra che le condizioni di Giacomo si stabilizzino, nessun miglioramento ma nemmeno peggioramento.
Le parole dei medici: «Dobbiamo aspettare» ci rimbombano in testa.
Quella mattina alle 9:00, come al solito, sono già lì in attesa che mi facciano entrare, dico il mio nome al citofono e mi aprono in silenzio. Il medico mi viene incontro. «Purtroppo ci sono stati dei peggioramenti».
Fino alle 11:00, dopo la visita, non sapranno dirmi altro. Vedo il mio piccolo: è lì, indifeso. La conferma dei nostri sospetti: durante la notte ha avuto un'emorragia cerebrale, non c'è più nulla da fare, solo aspettare che il suo cuoricino si fermi. Alle 18:45 Giacomo muore, vola in cielo e con lui vola via un pezzetto del nostro cuore.
Si susseguono giornate piene di gente, di amici, di parenti, il funerale, la chiesa gremita, la piccola bara bianca, con dentro... il biberon che ho regalato a papà e il libro di fiabe che ti leggevo, ricoperta di rose. Mio marito e io in piedi, non ci vogliamo sedere, vogliamo stare vicino al nostro bambino.
Il cimitero, quello piccolo in montagna, dove vivono i miei genitori e io penso che avrei voluto portarti, Giacomo, a correre su quei prati che mi hanno vista bambina e invece tu sarai lì fermo per l'eternità. Mi sembra di impazzire, tutti intorno a me crollano, io devo essere forte, non posso farmi vedere distrutta e allora

metto su una maschera e vado avanti. A chi mi chiede come sto, rispondo: «Passerà, mi riprenderò». A qualcuno arrivo persino a dire: «In fin dei conti non l'ho mai nemmeno preso in braccio». Dentro di me ho la morte, vorrei solo piangere e urlare, non ci riesco. Non lo faccio neanche quando sono da sola, stringo i denti e vado avanti, mi concedo qualche cedimento solo con mio marito, ma sono momenti rari. Mi sento in colpa, non ho saputo proteggere quell'esserino così dolce che stava crescendo in me, ho paura, paura di non riuscire mai a essere mamma, di non essere capace di regalare a mio marito quella felicità che tanto si merita ma, soprattutto, ho la paura incondizionata che tutto possa accadere di nuovo.

L'unica vera felicità di quel periodo è la dimissione di Sebastiano, il figlio della mia compagna di stanza, che nonostante tutto ha lottato per tre lunghi mesi ma poi ce l'ha fatta.

Un giorno, per caso, girovagando su Internet, approdo in un angolino speciale dove si respira profumo di angeli e, finalmente, lì riesco a lasciarmi andare, tra altre mamme che hanno passato quello che ho vissuto io riesco a tirare fuori la vera Sonia, quella con tanto dolore dentro. È con loro che comincia il mio processo di guarigione lento, lungo, in salita e tuttora in corso.

Passerà? Cambierà!

Non ho mai mentito!
Passerà?
Mi si chiedeva
guardandomi negli occhi,
con sguardo implorante
di chi vuol far finire
il suo tormento.
Passerà mai?
Sospirando impotente
Mai!
In un tempo definito
rispondevo sospesa
fra rabbia e angoscia.
Non ho mai mentito!
Cambierà!
Regalando un appiglio
per uscire dal pozzo del dolore.
Cambierà se lo vorrai!
Tutto sta nel comprendere
che la morte è parte della vita.
Solo allora potrai perdonarti.

La preeclampsia mi ha regalato una corsa in sala operatoria con l'incertezza del nostro destino, una figlia che facevo fatica a riconoscere e un vuoto profondo nella pancia. Oggi Emma Maria (26 settimane +6 giorni e 630 g) è con noi.
Pamela

Preeclampsia è dolore, è disperazione, è la bestia infame che ti strappa il cuore. Arriva nel momento più bello della vita di una donna che sogna di diventare mamma. Da me è arrivata a prendersi Vittoria a 29 settimane +5 giorni, senza darmi il tempo di capire cosa fosse successo e lasciandomi un vuoto immenso non solo nella pancia, ma in ogni attimo della mia vita. Oggi guardo Rebecca, la mia rivincita sulla bestia, *ma una parte del mio cuore non tornerà mai più.*
Laura

Per me è stata uno schiaffo, un pugno nello stomaco. La consapevolezza che non siamo immuni dal dolore. La scoperta degli affetti e della forza della famiglia. Soprattutto mi ha fatto diventare mamma di Samuele che, anche se non è accanto a noi, ci ha dato il coraggio di riprovarci.
Deborah

Mi ha lasciato mia figlia Ginevra, l'amore della mia vita, ma quel senso d'impotenza rimane anche a distanza di due anni. Mi chiedo ancora cosa sia andato storto per causare un black-out del genere nel mio cervello.
Simona

La mia piccola è sempre con me

(Yvette)

Sono ungherese, vivo in Italia da diciassette anni.

Finalmente ho trovato l'uomo della mia vita. Ho trovato tanto amore, affetto, rispetto e fiducia. Abbiamo deciso di creare il frutto del nostro amore. Dopo cinque mesi di tentativi finalmente il test è risultato positivo. Che gioia!

La data dell'ultima mestruazione era il 20 maggio 2006, quindi la data del parto sarebbe stata il 24 febbraio 2007.

Ho passato sei mesi meravigliosi. Senza nausea, senza disturbi. Solo felicità. Tutte le analisi, tutti i controlli andavano sempre bene.

Io sono ipertesa cronica da tre anni. Ma con le medicine per la pressione avevo sempre 110/70. Il mio ginecologo mi diceva, già dall'inizio, che la mia gravidanza era a rischio. Ma più di controllare la pressione tutti i giorni non si poteva fare niente.

Ho saputo, un anno dopo, che per un'ipertesa cronica un ginecologo scrupoloso avrebbe dovuto prescrivermi una profilassi. Forse sarebbe andata a finire in un altro modo.

La pressione per cinque mesi e mezzo andò bene. Poi iniziò a salire. Il dottore mi raddoppiò la dose delle pillole, così scese un po'. Mi fece fare l'ecodoppler l'11 novembre, un sabato. La dottoressa che faceva l'eco disse che il flusso nel cordone non era brillantissimo e mi diede un appuntamento dopo dieci giorni per fare un altro ecodoppler (chi lo immaginava che a dieci giorni da lì non si sarebbe arrivati?)

Tornando a casa ci fermammo dal mio ginecologo a fargli vedere il risultato dell'ecodoppler. Mi misurò anche la pressione: 160/110. Invece di mandarmi in ospedale mi triplicò la dose delle medicine e mi disse che se non si fosse abbassata sarei dovuta andare al pronto soccorso. Il 12 novembre, domenica, la pressione si era ridotta un pochino, ma lunedì mattina avevo ancora 148/98, così andammo in ospedale. Lì mi fecero subito un ecodoppler. La bimba risultava più piccola della sua età gestazionale. Eravamo a 25 settimane. Troppo presto per farla nascere. Era ancora gravemente immatura.

Mi ricoverarono subito e mi fecero la punturina per fare sviluppare i suoi polmoni più velocemente.

Ci informarono che a quest'età gestazionale la mortalità dei neonati è del 60%, e fra i sopravvissuti circa il 70% hanno degli handicap.

Noi decidemmo di portare avanti la gravidanza il più a lungo possibile: nella mia pancia la bimba aveva più possibilità che fuori. Dovevamo guadagnare delle settimane o dei giorni.

Il 20 novembre mi lasciarono tornare a casa, visto che la pressione era controllata e la bimba scalciava; eravamo d'accordo che sarei andata tutti i giorni a fare il tracciato.

Arrivai a casa a mezzogiorno, feci la doccia, mi lavai i capelli, mi misi sul divano ad accarezzare la mia Giorgina e a piangere dalla paura. Alle 17:00 mi telefonò Pietro, il mio compagno. L'avevano chiamato dall'ospedale. Erano arrivati i risultati degli esami del sangue fatti la mattina prima di venire a casa. Le piastrine erano calate vertiginosamente. Dovevo essere ricoverata d'urgenza. Rischiavamo la vita tutte e due. Giorgina doveva nascere.

L'epidurale non si poteva più fare perché rischiavo un'emorragia. Mi fecero l'anestesia totale. Così il 20 novembre alle 22:10 nacque la mia Giorgina. Dovettero rianimarla, ma era viva. Era nata a 26 settimane e pesava 640 g.

Per quattro giorni reagì bene alle cure. Sgambettava e tutti dicevano: «È una bimba che ha una certa vivacità!»

Io la vidi per la prima volta solo dopo tre giorni perché avevo la febbre. Era piccolissima e bellissima. L'amore della mia vita.

Venerdì 24 novembre mi dimisero. Ma dopo poche ore arrivò la telefonata dalla Terapia Intensiva Neonatale: la bimba aveva avuto un attacco alle vie respiratorie e la situazione stava peggiorando. Arrivati in ospedale ci dissero che aveva avuto un'emorragia cerebrale, purtroppo molto devastante, ed era stato quello a causarle l'attacco. In quel momento ci tolsero le speranze. La dottoressa ci chiese se volevamo battezzarla.

Ci chiesero che tipo di trattamento desideravamo, se volevamo fare un accanimento terapeutico e cercare di tenerla in vita a tutti i costi. Noi volevamo solo una cosa: che la piccola non soffrisse.

Il giorno dopo ci telefonarono per chiedere se potevano fare una trasfusione perché la bambina aveva le piastrine un po' basse. Fummo d'accordo.

Tutti i giorni andavamo in ospedale diverse volte.

Tiravo il latte, pensando che, quando fosse stata pronta, avrebbe dovuto avere il mio. Quindi ogni tre ore, anche la notte, mi svegliavo e mi attaccavo il tiralatte. Ne avevo tantissimo.

Lunedì 27 novembre per la prima volta mi dissero che potevo mettere le mani nell'incubatrice. Finalmente la potei toccare! Che felicità! Con una mano accarezzavo la testolina, con l'altra le sue gambette. Lei dormiva. Il visino non lo vedevo, perché aveva sempre la fascia sugli occhi per via delle cure che facevano con la luce.

Lunedì sera tornammo ancora per vederla. Il dottore ci disse di aspettare fuori perché voleva farle un'ecografia in modo da vedere a che punto era l'emorragia. Dopo dieci minuti tornò con un viso triste. Ci disse che eravamo sulla via di non ritorno. L'emorragia non si era fermata. Disse che non sapeva quanto tempo le restava ancora, potevano essere 6 o anche 36 ore. Non si sapeva. Ma dovevamo aspettarci il peggio in ogni momento.

Alle 4:00 del mattino Giorgina ebbe un altro attacco, e fu così improvviso che i dottori non riuscirono a intervenire. Ci dissero di non andare in ospedale perché per legge dovevano fare un tracciato di un'ora, ma di recarci la mattina seguente alla camera ardente dell'ospedale.

Eravamo distrutti. Per me fu una tortura psicologica, e per la piccola anche fisica. Povera la mia bambina, aveva tubi dappertutto. Spero che i dottori abbiano detto la verità, quando mi hanno assicurato che non ha sofferto.

Nella camera ardente c'erano i morti adulti, nelle bare, in diverse stanze, i parenti che li vegliavano e piangevano.

Noi non volevamo mettere in mostra la nostra piccola. Lei era solo nostra. Non volevamo nessuno. Nemmeno i nonni. Chiedemmo una cameretta con la porta chiusa. Io portai dei vestitini e un sacco bianco da neonati, bellissimo e ricamato, che in Ungheria usiamo per portare fuori i neonati dall'ospedale quando li conduciamo a casa. Quando lo avevo comprato per Giorgia, mai avrei potuto immaginare che quel sacco sarebbe stato destinato ad accompagnarla nel suo ultimo viaggio.

L'uomo che vestiva i morti mi prese la borsa, ma io non la mollai. Gli dissi che la bimba l'avrei vestita io. Mi guardò con gli occhi strani. Mi chiese: «Se la sente? Ne è sicura?»

«Ma certo! La mia piccola non la deve toccare nessuno!» Allora ci fece entrare nella cameretta dove c'era Giorgina sopra un banco ricoperto da un lenzuolo bianco. Lei era avvolta in un panno candido. Era così piccola che in mezzo a quel tavolo si perdeva. Finalmente potei prenderla in braccio, baciarla, accarezzarla. La baciavo e piangevo. La stringevo a me. Per la prima volta vidi il suo visino. Era bellissima. Assomigliava al suo papà. Aveva delle crosticine provocate dai cerotti e una ferita sulla bocca procurata dal tubo per la respirazione. Ma anche così era la bimba più bella che io avessi mai visto in vita mia.

Le manine e il visino erano freddissimi. Cercai di scaldarla.

Avevamo portato anche la macchina fotografica. Volevo avere più ricordi possibili di lei. Pietro ci fotografò mentre la tenevo in braccio, mentre la baciavo. E poi il suo visino, le sue manine. La vestii, la misi nel sacco bianco da neonato. Sembrava un angelo, davvero. Il pannetto che aveva sempre in ospedale e anche nella camera ardente lo misi in una borsa per portarlo a casa. C'era sopra il profumo della sua pelle. Quel pannetto è qui, a casa con me. Ogni tanto apro la borsa, chiudo gli occhi, l'annuso e sento il suo profumino.

Non volemmo fare il funerale. Al solo pensiero che sarebbe stata sotto terra con un freddo così rigido, in inverno con quindici gradi sotto zero, ci veniva male. Poi non la volevo lontano da me. Così decidemmo di cremarla e portarla a casa.

Per due giorni restammo con lei in camera ardente. Poi, prima di chiudere la bara, tagliai una ciocca dei miei capelli e la misi nella sua mano, volevo stare con lei, stare insieme nella cremazione. Fino in fondo, sempre insieme.

Da quando abbiamo portato a casa l'urna provo una certa serenità. La mia piccola ora è sempre con me. Non me la toglie più nessuno. Non soffre più, non ha più freddo, è qui al caldo con il suo papà e con la sua mamma.

La domanda che mi faccio tutti i giorni è: perché è capitato proprio a noi?

Perché la nostra bambina è dovuta nascere a sole 26 settimane +3 giorni di gestazione a causa di una brutta malattia chiamata sindrome HELLP?

Giorgia. Povera piccola, pesava solo 640 g, è nata dopo tanta sofferenza fetale. Dopo 7 giorni è diventata un angelo.

Il dolore nel mio cuore era straziante.

Dopo poche settimane trovai in Internet il sito 'Sulle ali di un angelo', in cui conobbi tante mamme speciali come me che avevano avuto la stessa patologia e perso i loro bambini in età perinatale.

Da loro ho imparato come si fa a convivere con il dolore.

Questo sito aveva anche una rete di ginecologi in tutta Italia esperti in preeclampsia e sindrome HELLP. Fu così che, grazie a loro, trovai un professore di Bologna che si prese a cuore il mio caso.

Nel 2008 decidemmo di riprovare ad avere una nuova gravidanza. Ad aprile avevo già il test positivo in mano ma, purtroppo, dopo 5 settimane ebbi un aborto interno seguito da un raschiamento. Altro dolore aggiunto al dolore.

A settembre ero nuovamente incinta, questa volta seguita scrupolosamente dal primario e dal suo internista.

Vista la mia ipertensione cronica e la malattia pregressa, durante tutta la gravidanza mi curarono con la profilassi adeguata al mio caso.

Questa volta a livello placentare andò tutto bene, la bambina cresceva una meraviglia. Ma il mio corpo cominciò a fare i capricci di nuovo. Però questa volta molto più avanti come età gestazionale rispetto alla prima gravidanza.

Il 25 marzo mi ricoverarono per la pressione alta. Ero alla 27ª settimana +4 giorni.

Rimasi ricoverata per un mese. Tutti i giorni prelievo di sangue e raccolta di urine 24 ore su 24.

Al momento dell'accoglimento ero già in lieve preeclampsia. Alla terza settimana di ospedale (30 settimane +4 giorni) i miei reni cominciarono a cedere. Avevo sempre più proteinuria. Così, il 21 aprile, quando le proteine della raccolta sulle 24 ore superarono di molto i valori, decisero di far nascere la mia piccola.

Rimasi tranquilla, in quegli anni avevo studiato tanto sulla preeclampsia e sui bambini prematuri. La mia bambina cresceva bene nella pancia, quindi sarebbe andato tutto bene. Questa volta doveva andare tutto bene!

Il 22 aprile del 2009 alla 31ª settimana +4 giorni nacque la nostra Aurora. Pesava 1586 g ed era lunga 41 cm. Aveva un ottimo APGAR, cioè i controlli effettuati immediatamente dopo la nascita per valutare la vitalità e le funzioni vitali risultavano 9 su una scala di 10. Era solo un po' anemica, quindi pallida.

Mi fecero il taglio cesareo e al momento della nascita pianse subito, sgambettando a più non posso. Non necessitò intubarla perché respirava da sola.

In terapia intensiva le misero solo un po' di ossigeno vicino al naso. Con il calo fisiologico arrivò a pesare 1379 g. Appena iniziò a prendere peso, si parlò di un trasferimento in un altro reparto. Infatti, dopo sette giorni di Terapia Intensiva Neonatale fu promossa e andammo in neonatologia. Parlo al plurale perché anch'io ero là, sempre con lei, giorno e notte; quando volevo. Mi diedero un posto letto in una piccola stanza destinata alle mamme dei bimbi ricoverati. All'inizio la nutrirono con il sondino, ma circa due settimane dopo la nascita, ogni tanto, provarono a darle anche il biberon. Ma si stancava troppo.

Arrivata al peso di 1700 g Aurora non ebbe più bisogno del sondino.

Passammo tre settimane in neonatologia. Per l'anemia dovette fare una trasfusione di sangue e settimane sotto la lampada per l'iperbilirubinemia.

Negli ultimi giorni prima delle dimissioni riuscimmo ad attaccarla al seno.

Ci dissero che per essere dimessa avrebbe dovuto saper mangiare, respirare bene, e avere in regola gli esami del sangue. Aurora, a 4 settimane dalla nascita e con 1835 g di peso, venne a casa con noi.

Oggi ha nove mesi di età anagrafica (sette di età corretta), è una bambina sanissima, pesa 10 kg e 200 g.

La nostra vita è cambiata, riusciamo di nuovo a sorridere, abbiamo il cuore che sta scoppiando di felicità e di amore. E sappiamo che la nostra Giorgina, da lassù, ci guarda ed è felice con noi.

Nel mio cuore di mamma c'è sempre il velo della tristezza, però.

Un marchio nel mio cuore che ha segnato tutta la mia vita.

Piango il presente

Piango ancora questo presente
con i gomiti sul tavolo
il marmo freddo
e la testa fra le mani,
calde.
Rimpiango il tempo dei sogni
del mosto e dell'acerbo
di tutto ciò che
avrebbe dovuto essere
e non è stato.
Lo scialle scivola
denudando le spalle
che la poca voglia
non ha fatto coprire con altro,
nemmeno la solitudine
mi fa compagnia.
E mi piango,
ancora,
addosso,
perché sono viva
ancora.

La preeclampsia mi ha travolto! Ha sconvolto e modificato completamente la mia esistenza. E pensare che non avevo mai pronunciato questo nome e che ancora molti medici la chiamano 'gestosi'. Ha causato la mia perdita di fiducia nelle figure mediche, eppure dalla sua scoperta mi sono ritrovata a dovermi affidare a loro per la cura e l'assistenza di mio figlio, nato con lesioni cerebrali irreversibili. Mi ha provocato sensi di colpa, impotenza e una rabbia incontrollata legata all'ingiustizia e al fato. La paura di affrontare un'altra gravidanza, a cui non sarà possibile pensare finché non sarò una persona risolta. Il dispiacere più grande è che ancora non se ne parla abbastanza, la disinformazione è devastante e pericolosa. Non auguro a nessuno quello che ho vissuto e che mi ritrovo a vivere a causa di questa patologia. Le sue conseguenze mi fanno pensare a lei ogni singolo istante della mia vita!

Ester

La preeclampsia mi ha fatto scoprire quanta forza ho, e quanta ne ha la mia bimba! Dopo un mese di ricovero i medici l'hanno fatta nascere con taglio cesareo a 34 settimane +1 giorno perché, mentre lei stava bene, io stavo sempre peggio e avevano paura delle conseguenze. Un mese in cui continuavo a dire: «Lei sta BENE, ve lo assicuro!» e forse il fatto di crederci e non mollare ha aiutato. Ora è in arrivo la sorellina o fratellino, incrociamo le dita. Ho dovuto affrontare le mie paure, fare un percorso in casa maternità, scriverne, prima di scegliere di riprovarci. Ho sconfitto la bestia una volta, questa volta spero che giri proprio alla larga.

Camilla

A Vittoria

(Simona)

La mia storia è la stessa di tante altre donne che hanno vissuto il dolore più grande della loro vita: la perdita di un figlio.

Mai al mondo avrei potuto immaginare di poter soffrire così tanto! Mai mi sono sentita tanto impotente!

Vorrei partire dall'inizio e raccontare la mia storia, perché, come ho potuto appurare in questi ultimi sette mesi, le persone tendono a evitare l'argomento 'lutto' anche in buona fede. Lo fanno per non farti soffrire ancora di più, ma non capiscono che chi lo ha vissuto, a volte, ha bisogno di parlarne, di raccontare e di ricordare attraverso le parole.

Allora mi rifugio nel ricordo di quel giorno in cui, per poche ore, ho vissuto la gioia immensa di diventare madre e l'illusione di aver vinto assieme alla mia bambina contro la preeclampsia. La meraviglia di averla vista minuscola e perfetta, di avere capito quale grande miracolo era accaduto dentro di me e poi la disperazione di averla persa per sempre in un battito d'ali.

Aprile 2011

La mia piccola è arrivata subito e già dall'inizio ho pensato di esser stata molto fortunata, forse troppo. Non ho mai avuto nausee, esami sempre perfetti, ultrascreen con valori ottimi, decido di non fare l'amniocentesi e di aspettare la morfologica il 5 settembre. Intanto lavoro, vado in ferie, tutto sempre a posto. Mi chiedo come sia possibile, non so se sia una sensazione... ma non riesco a crederci. Essendo la prima gravidanza, all'inizio non capisco bene cosa sta succedendo dentro di me, non riesco a realizzare che c'è una vita, ma tutte le volte che faccio un'ecografia ho il cuore in gola finché il ginecologo non mi dice che va tutto bene! La morfologica rileva che siamo nella norma (la mia ansia era ai massimi livelli) e che è una bimba. Scoppio a piangere, è il sogno della mia vita... sarà la mia Vittoria!

Continuo a lavorare aspettando novembre per andare in maternità e godermi finalmente la mia piccola, i preparativi, l'attesa.

Qualche settimana dopo la morfologica, inizio ad avere gambe e piedi gonfi e penso sia normale stando seduta nove ore al giorno. Mi sento stanca, torno a casa distrutta e un giorno di lavoro mi pesa come non mai, ma immagino sia normale, in gravidanza. Conto i giorni, entro nella 23ª settimana, che bello, la pancia inizia a prendere forma, solo che in vacanza ho mangiato tantissimo, in poche settimane ho preso quasi 10 kg e il mio peso continua ad aumentare. Domenica 25 settembre sto nel letto, che alterno con il divano, tutto il giorno, mi sento spossata, penso: "È normale, tra il caldo, il lavoro, la casa… In gravidanza è normale! La mia gravidanza è fin troppo normale!"

La mattina del 26 settembre mi alzo a fatica, come mi capitava già da qualche giorno. "Inizia una nuova dura settimana" penso. Ho gli occhi un po' gonfi e le gambe non sono riuscita a farle sgonfiare tenendole su la notte… A fine giornata una collega, anche lei incinta e con lo stesso ginecologo, sentendomi lamentare per gli edemi mi suggerisce di chiamare il medico che magari mi darà un diuretico. Mi mette la pulce nell'orecchio, insomma. Torno a casa e lo chiamo, mi suggerisce di eliminare il sale, di controllare la pressione e di stare serena. Essendo già di mio molto impressionabile, vado in guardia medica per un controllo, ma sto bene, non ho sintomi e, tranquilla, passo prima dal supermercato. Vado con calma. Arrivo e mi misurano la pressione: 190/110!

Sono una bomba a orologeria, forse da giorni.

Mi danno le gocce per farla scendere, mi fanno un elettrocardiogramma e mi mandano a casa. Io sono terrorizzata. Richiamo il ginecologo che mi dice di andare immediatamente in pronto soccorso. Da lì il panico.

Chiamo mio marito, ancora al lavoro, corriamo in ospedale. Mi fanno entrare d'urgenza, la pressione è alle stelle. Mi portano in reparto, mi fanno l'ecografia, temo subito il peggio, tremo di terrore, credo di impazzire.

Nessun distacco placentare, la piccola sta bene ma ha poco liquido. Tiro un sospiro di sollievo e chiedo, nell'ignoranza, che significa «ha poco liquido», mi rispondono che forse perché non ha fatto ancora pipì. Ma è anche un po' più piccola del normale. «Ma com'è possibile se ho fatto la morfologica 20 giorni fa?» chiedo.

Insomma, fanno scendere la pressione che, però, risale e ridiscende. Arrivo a prendere diverse pastiglie di due medicinali e dopo una settimana la pressione è ancora altalenante con valori che variano: 150/160-90/100. Mi dicono che le pastiglie hanno bisogno di tempo per fare effetto ma la piccola sta bene. Finalmente, dopo una settimana, arriva il primario (a mio avviso molto bravo) che in quel periodo era in ferie. Appena fa il giro, vede la mia cartella e in due minuti dà la diagnosi: preeclampsia grave con IUGR e oligoamnio.

Mi fa rifare l'ecografia e rimisura la bimba – è un po' arrabbiato, forse la sua equipe doveva capirlo prima? – io non capisco niente. Non so nemmeno cosa sia la preeclampsia!

Mi dice che mi devono trasferire in una struttura di terzo livello perché è probabile che la bambina debba nascere a breve. Non so nemmeno cosa sia un terzo livello! Muoio, in quel momento!

Penso: "Ora mi mettono a posto la pressione, vado a casa in maternità anticipata e vengono a controllarmi, fino alla fine".

Invece, la doccia gelida. Passo altre 3 settimane a Vicenza, dove c'è un ottimo reparto di neonatologia, parlo con pediatra, psicologa, ostetrica e ginecologa. Mi preparano per lo sviluppo polmonare della piccola e aspettiamo, sperando di guadagnare tempo. Flussimetria ogni due giorni, ma ogni volta è sempre peggio dell'ultima. La bambina resiste. So che non ce la farà, credo di impazzire ma in fondo penso che, se è stata così forte fino a ora, nascerà e sopravvivrà!

Non cresce!

Io sto sempre bene ma, senza sintomi, la mia proteinuria continua ad aumentare, la pressione è sempre alta ma stabile. Mi fanno l'ultima flussimetria e decretano che la bambina sopravvive a malapena, il che significa che può morire da un momento all'altro.

Decido, con mio marito, di farla nascere. Devo darle una possibilità fuori da me, prima di ucciderla! So cosa vuol dire partorire a 26 settimane, con una bambina che si è fermata a 22... ma deve farcela! Nasce il 12 ottobre con cesareo, è viva! Ricordo come fosse accaduto mezz'ora fa, loro che dicono: «È nata, è nata!» e corrono via a rianimarla e l'ostetrica che, dopo un'interminabile attesa di qualche minuto, dice: «Vittoria è viva», io che non trattengo le lacrime e grido: «È troppo piccola!» e vorrei anche aggiungere: «Rimettetemela dentro che non è ancora il momento!»
È minuscola, la portano in Terapia Intensiva Neonatale, è intubata ma mi dicono poco ventilata, a quanto sembra lei riesce un po' a ventilare da sola. La pediatra viene a dirmi che è stupita: così vispa, così attiva. Si muove continuamente e mio marito che la vede per primo mi dice che è bellissima e non sta ferma un attimo. Partiamo bene, ma non è fuori pericolo. La mia pressione va di nuovo alle stelle, mi tengono tutta la notte in osservazione, poi scende e gli esami sono buoni. Non ci sono complicazioni, per fortuna la malattia si è bloccata e non è degenerata in sindrome HELLP (anche questo l'ho capito dopo, quando ho saputo cosa fossero la preeclampsia e l'HELLP).
La mattina due angeli del personale assistenziale mi chiedono se voglio vedere mia figlia, mi alzo come una molla (non penso al dolore, non mi reggo in piedi, ho flebo e catetere, ma devo vederla!). Mi portano in neonatologia ed ecco la meraviglia!
La mia Vittoria. È bellissima.
Perfetta come non osavo sperare. Una bambola. La tocco, ho paura di farle male, è come una piccola farfalla tra le mie mani, se stringo troppo la rompo, è MIA FIGLIA, non riesco a crederci!
Mi riportano in reparto e sono felice, di una felicità che non si può raccontare, finalmente inizio davvero a sperare che possa farcela, deve! Chiamo mio marito urlando di gioia (lui l'ha già vista e siamo d'accordo di andare a trovarla insieme nel pomeriggio), passa qualche ora, sono euforica, sono una MAMMA e penso

che sì, sarà dura, andrò per mesi in ospedale per vederla crescere ma la riporterò a casa. Arriva la psicologa, penso al peggio invece è solo per chiedermi come sto e per abbracciarmi, ce l'ho fatta!
Dopo mezz'ora, arriva la pediatra per un prelievo, devono fare una trasfusione alla bimba, ma questo era stato già preventivato per una bimba così prematura. Tutto tranquillo.
Dopo un po' arriva un'altra pediatra. «Vittoria ha avuto un'emorragia polmonare! Non c'è più nulla da fare». Resto gelata.
Chiamo mio marito, con una freddezza incredibile. Non ho reazioni, arrivano per togliermi catetere e flebo, salto giù dal letto, non sento niente. Mi faccio portare da mia figlia, dobbiamo battezzarla. Resto seduta, non oso avvicinarmi né smettere di guardare il monitor. I suoi ultimi battiti…
Mi fanno uscire, aspetto mio marito e la lascio SOLA con degli estranei. Passa qualche minuto ed esce la pediatra a dirci che Vittoria non c'è più.
Mi tengono in ospedale altri cinque giorni, e per due sere la mia pressione sale alle stelle. Mi chiedono se voglio andare in ginecologia, sono molto premurosi e gentili, decido di restare ma è un inferno, i bambini piccoli piangono di continuo. La mia non l'ho mai sentita piangere!
Mi dimettono il 18 ottobre. Sono terrorizzata, non voglio tornare a casa. Cosa farò adesso?
In cuor mio so che è stata la scelta giusta restare in ostetricia. Però ora devo uscire e non sentire piangere bambini altrimenti impazzisco.
Una volta fuori, continuo la terapia ipotensiva e l'eparina per 15 giorni ancora. Riduco poco alla volta il dosaggio delle medicine fino a gennaio 2012 quando la mia pressione sembra essersi stabilizzata. Faccio le visite post-ricovero e già, dopo poco meno di un mese, i valori rientrano.

Il resto… non passerà mai!

Condivisione

Una delle cose più belle della vita
è incontrare persone che ti sorridono,
poi scopri che stanno passando
la fine del mondo
e sorridono ancora.
In quel sorriso ti ci rispecchi
perché è lo stesso che hai donato tu
quando il mondo stava crollando.
La cosa più brutta è che
non hai nessun potere
per alleviare le loro sofferenze,
quando il mondo crolla,
devi lasciarlo crollare.
Puoi però stare lì
in ascolto, anche del silenzio.
Le disgrazie devi farle tue,
viverle fino in fondo,
odiarle fino al midollo,
amarle come un dono,
un segnale di opportunità.
Dopo saprai superarle.

Per me è stata una vera e propria doccia fredda; tutti i miei desideri e le mie aspettative si sono infranti nel giro di pochissime ore... probabilmente non avrò mai risposte concrete sul perché la bestia si sia voluta insediare nella mia vita, ma una certezza oggi ce l'ho ed è il mio guerriero Francesco!
Valentina

La preeclampsia mi ha cambiato, dentro e fuori. È arrivata prepotente a 28 settimane di gravidanza, ha sconvolto me, mio marito e la mia famiglia. Mi ha fatto rischiare la vita, lottare una settimana a letto attaccata a tubi e sensori e poi ci ha catapultati tutti in un mondo che non conoscevamo e di cui si parla troppo poco, quello della Terapia Intensiva Neonatale. Grazie a Dio e ai medici, ci ha lasciato Leonardo, un concentrato di forza e vita, che, dal piccolo dei suoi 920 g, ha insegnato qualcosa a tutti e, dopo aver lottato per due mesi, è tornato a casa con noi. Purtroppo però mi ha tolto la serenità di provare ad affrontare un'altra gravidanza e coronare il mio sogno di avere una bambina. Mi ha cambiato la vita sì, in tutti i sensi.
Laura

La preeclampsia mi ha lasciato paura... tanta paura, ma anche tanta forza di lottare per Francesco, nato a 31 settimane +1 giorno. 40 giorni di Terapia Intensiva Neonatale, dura, difficile, ma ho conosciuto tante persone speciali. Francesco ora ha 5 anni e mezzo e ha un ritardo di linguaggio, sono fiera di lui. Mi ha fatto diventare combattiva, anche dopo la perdita di un figlio di 9 settimane.
Barbara

Abbiamo vinto noi

(Luana)

La nostra storia inizia nel gennaio del 2006, quando scopro, con sorpresa, di essere nuovamente incinta. Il termine fissato è per i primi di ottobre. La prima gravidanza era andata bene; questa, però, inizia subito maluccio, con forti nausee e vomito che mi fanno perdere diversi chili. Ma il peggio deve ancora arrivare.

A fine aprile, alla 17ª settimana, subisco un grosso intervento per una brutta e inspiegabile emorragia interna. È un intervento lungo e complicato, ma per la bimba non ci sono rischi, è forte e resiste. Durante la ripresa dall'intervento inizio ad avere strani mal di testa, non le solite emicranie, sento la testa strana e intorpidita, provo la pressione e scopro che, anziché essere bassissima come il solito, è alta: 140/90.

Chiamo subito il mio ginecologo, è in ospedale e mi fa andare subito, mi controlla e poi mi applica l'holter e valutiamo nelle 24 ore come va. I risultati non sono bellissimi, ho degli sbalzi enormi di pressione. A volte la pressione è 85/50 altre 150/90. Siamo a metà luglio.

Mi prescrive un farmaco e la pressione resta borderline, circa sui 140/90. La bimba però ha una scarsa crescita e percepisco pochi movimenti. Mi anticipa la morfologica, quando la faccio però non c'è il mio ginecologo, c'è un altro medico dall'atteggiamento freddo che, come appoggia la sonda sulla pancia, diventa scuro in viso. Mi chiede se la bimba si muove.

«Poco» rispondo.

Nemmeno lui riesce a farla muovere, quindi va a chiamare un altro ginecologo che, alla fine, percepisce un movimento oculare della bimba. Effettua anche una flussimetria, è dubbioso, l'ossigeno e il nutrimento arrivano, ma non brillantemente.

La situazione e la strana posizione della bimba (trasversale) non li convincono e, visto anche il precedente intervento, telefonano al medico che mi segue, che arriva come un fulmine e mi ricovera immediatamente. Anche a lui la situazione non piace, la pressione è instabile, ho gambe gonfie, faccio poca pipì, la flussimetria non è buona e la bimba non cresce. Subito mi fa le iniezioni per maturare lo sviluppo dei polmoni della bimba, visto che risulta IUGR, cioè molto più piccola per la sua età gestazionale.

Teme che anche gli organi non si siano sviluppati adeguatamente, ha paura di dovere fare un cesareo a breve. Io non capisco, in un attimo mi manca la terra sotto i piedi, il mio primo pensiero è che non ho niente di pronto per l'ospedale, neanche per la bimba, nemmeno una tutina. Ecco, il mio pensiero: non avevo realizzato che a 28 settimane, in caso di nascita prematura, non servono vestitini! Serve un'incubatrice! Un ricovero in Terapia Intensiva Neonatale! Non voglio partorire, è troppo presto! Ogni quattro ore mi sottopongono al monitoraggio, e ogni giorno eseguono la flussimetria. Mi aumentano la terapia per la pressione, io la bimba non la sento, mai! Andiamo avanti così ancora 15 giorni, ormai sono gonfia come un pallone, con edemi, mal di testa, non urino... ma voglio resistere per la mia piccola!

Gli ultimi due giorni i monitoraggi sono infiniti e lunghi, la flussimetria pessima; inizio a pensare che non andrò avanti così ancora a lungo. Infatti il 3 agosto, poco dopo aver fatto i controlli giornalieri, il mio ginecologo entra di corsa nella mia stanza assieme al primario. Oltre ad avere gli esami del sangue sballati, le piastrine in calo, la transaminasi in salita vertiginosa, la pressione altissima che non tiene più, alla bimba non arriva più ossigeno! Si deve intervenire all'istante, non c'è più tempo.

Così, per la seconda volta a distanza di tre mesi, in cinque minuti, sono pronta – e di corsa – per entrare in sala operatoria. Là, ad attenderci c'è il personale della Terapia Intensiva Neonatale già pronto con tubi, incubatrice e altri macchinari. La cosa mi spaventa molto, ma non c'è tempo per pensare. L'anestesista mi fa piegare per l'anestesia spinale e, in men che non si dica, il ginecologo sta estraendo mia figlia.

«È nata, sono le ore 17:00».

Non c'è nessun pianto, sento solo un rantolo e poi il silenzio. Un silenzio assordante.

Un fagottino viene portato di corsa al neonatologo, vedo solo un piccolo braccio di colore violaceo.

Mi agito, nessuno mi dice come sta! Perché non piange? Perché non respira? La mia pressione inizia a salire, e salire, e il cuore batte sempre più veloce. La macchina, a cui sono collegata, suona impazzita. Mi sedano.

La mia bambina è nata alle 17:00 del 3 agosto. 32 settimane, 1125 g, 32 cm.

È nata asfittica, è stata rianimata a lungo perché i polmoni sono collassati, è stata intubata, posta in incubatrice e portata in Terapia Intensiva Neonatale con il 95% d'ossigeno.

Speranze? Poche.

Io sto bene, la pressione è rimasta alta, continuo la cura per abbassarla ma già il giorno del parto e quello successivo perdo tantissimi liquidi e mi sgonfio.

Dopo vari alti e bassi – montagne russe, così le chiamiamo noi genitori – in terapia intensiva, dopo quasi due mesi, finalmente, portiamo a casa la nostra piccola.

La bestiaccia ci ha messo a dura prova. Per colpa sua il mio corpo paga ancora le conseguenze, con più di qualche acciacco; per colpa sua la placenta era invecchiata e infartuata, di conseguenza non funzionava correttamente per il fabbisogno della mia piccola; per colpa sua i vasi, le arterie si sono chiusi e la mia bimba ha rischiato di morire in utero; per colpa sua abbiamo conosciuto la terapia intensiva neonatale e la prematurità con tutto ciò che comporta!

Ma abbiamo vinto noi!

Ricordi

Sono qui alla finestra,
il sole riscalda la mia pelle
il vento fresco accarezza
le mie guance.
Come un tornado, nel mio cuore,
arriva feroce il ricordo,
quei giorni di luce artificiale,
in rianimazione.
Giorni che non ritornano più.
Giorni che prendono la tua vita
l'appallottolano come carta straccia
la gettano senza interesse.
Stropicciano per bene
tutte le tue emozioni,
le tue speranze.
Giorni in cui,
che tu viva o che tu muoia,
la vita prosegue indifferente,
il sole sorgerà comunque,
domani.
Ma io sono ancora qui
con la finestra aperta sul mondo
e il vento che mi parla
di te, amore.

È una brutta bestia che s'impossessa di te con tutta la sua forza, rompe il ciclo naturale della gravidanza, ti fa partorire e diventare madre prematuramente, perché se capita al primo figlio non sei pronto per tutto questo e nemmeno sai che cosa in realtà stia accadendo dentro di te. Nel giro di pochi giorni/ore ti ritrovi mamma, ma con un'esperienza che nessuna madre dovrebbe mai provare, tu nelle cure intensive e il tuo bambino pure ma in due ospedali differenti. Dopo giorni dal parto non hai ancora potuto vedere né prendere tra le braccia il tuo bimbo e l'unica cosa che hai di lui sono delle foto che ti portano i parenti. Ricordo tanta paura, tanta rabbia e frustrazione di non aver potuto avere un parto normale come tutte le altre donne che vedevo intorno a me.

Oggi ho superato tutto questo anche grazie a questo gruppo dove leggo molte esperienze, condivisioni e consigli.
Catherine

La mia preeclampsia è stata definita 'fulminante': lunedì pressione perfetta, venerdì alle stelle, sabato mattina taglio cesareo d'urgenza, il piccolo in Terapia Intensiva Neonatale per 26 giorni e altri 35 nel reparto nido. Io in quel sabato mattina ho avuto un principio d'infarto e un collasso renale... ma sono qui, con il mio Leo di due anni e tanta voglia di dargli un fratellino o sorellina... Speriamo prima o poi di riuscirci!
Giorgia

PREECLAMPSIA SEVERA= TERRORE!
Cosa mi hai lasciato, Mostro? Una paura esagerata!
Ci hai portate verso te... Abbiamo vinto noi... per questa volta!
A oggi tanta paura... come se non ci fosse mai una fine...
Miriam

Madre per sempre
(Diana)

Primo aprile. Giorno che la tradizione vuole dedicato a scherzi innocenti tra amici.

Primo aprile. Giorno di primavera quando la natura esplode nelle sue molteplici forme.

Primo aprile. Primavera che, scoprirò, è maledetta come la canzone!

Primo aprile fu la prima volta che la sindrome venne da me, si mostrò in tutta la sua crudeltà, entrando come un lupo nel mio corpo e mordendo con tutta la sua ferocia la mia carne, togliendomi il respiro, togliendomi la capacità della ragione, piegando in due la mia schiena; un dolore lancinante che saprò più avanti essere chiamato 'a barra': sì, perché è come se una barra dividesse in due il corpo debole dando la sensazione di spezzarlo.

La mente concentrata sulla vita in grembo, il futuro, la preoccupazione e il dolore facevano a gara per accaparrarsi la mia attenzione. Era il primo aprile, una giornata di primavera, maledetta come la canzone. La sindrome iniziò a ballare con il mio fegato, avvelenando il mio sangue, e ondeggiando allegramente distruggeva i miei globuli rossi, facendo calare vertiginosamente le piastrine. Nella sua danza macabra impossessatasi del mio corpo, la sindrome prese il sopravvento sulle mie difese: la lasciai fare e venni ricoverata in rianimazione.

Venni sottoposta a plasmaferesi per depurare il mio sangue, ma la mia bambina, già debole, si nutrì di sostanze tossiche. Madre degenere!

Il mio sangue stava intossicando mia figlia. Oh, maledetta sindrome che ti stavi divorando con crudeltà due vite.

Il mattino seguente sentii per la prima volta il tuo nome, un sussurro fra due medici, rubato da uno spiraglio di porta. Sentii il tuo nome riferito a me. "Help?" pensai, "Ma che razza d'imbecille può aver chiamato tanto dolore 'aiuto'?"

Solo le mie ricerche, nei mesi successivi, fecero chiarezza sul tuo nome, che non era 'help' ma 'HELLP': Hemolysis (emo-

lisi) – Elevated Liver enzymes (aumento degli enzimi epatici)
– Low Platelet count (riduzione del numero di piastrine circo-
lanti o trombocitopenia).
Nei giorni successivi la situazione del mio corpo sembrò miglio-
rare, le trasfusioni davano il loro effetto positivo, la mia pelle
si riprendeva il colore rosa al posto di quello giallo che vedevo
sulle mie mani gonfie; guardavo le mie gambe macularsi dopo
ogni trattamento, era il sangue pulito che circolava, guardavo la
mia pancia muoversi; ero felice, in rianimazione, sì, ma ero felice
perché la mia bimba stava bene. Madre premurosa!
Visto il mio miglioramento venne deciso di dimettermi dalla terapia intensiva e di ricoverarmi in reparto di ginecologia-ostetricia,
come sorvegliata speciale. Era la mattina del quattro aprile.

Che gioia! Finalmente una doccia, finalmente mio marito con me
per tante ore, e non solo all'orario rispettoso della rianimazione.
Finalmente, amore mio, ti vedevo con indosso la tua maglietta e
non il camice verde con i copriscarpe e la cuffia coordinati, che
coloravano di verde anche il tuo volto: stanco, con gli occhi tristi
e spenti in quel sorriso tirato dalla preoccupazione.
Amore mio, quanta paura ho avuto quando sono entrata nel reparto di rianimazione! Che brutto posto, ero lì perché ero grave?
Che brutto posto, ho pianto a dirotto. Che brutto posto, dove
sei? Che brutto posto, la bambina come sta? Che brutto posto…
ma ora sono qui, in stanza, con te, e anche se ho la flebo con il
tuo aiuto riesco a fare la doccia: leghiamo un sacchetto di plastica
attorno al braccio e tu stai fuori e tieni alta la boccia; l'acqua lava
via tutto, scivolano via il dolore, il ricordo, la rianimazione e il
pianto si mescola all'acqua che scende dal soffione. È tutto finito,
il sollievo prende il posto dell'angoscia, la tranquillità prende il
posto della paura e mentre mi asciughi i capelli mi viene fame,
sono quattro giorni che non mangio; la bimba si muove, tu sei
sereno, che paura amore mio, ora è tutto passato.

Il giorno seguente passò tranquillo fino alla sera, quando ti salutai e ti dissi che ero agitata e sentivo che qualcosa non andava: era lei che stava tornando, stava ricominciando a ballare… Amica mia.

Alla sera iniziai a sentire crescere la bestia dentro di me, avvisai subito il personale che avviò le analisi e dopo poco fui di nuovo in rianimazione.

Che succede? Le piastrine sono calate.

Che succede? Il fegato non funziona.

Che succede? Non ho paura.

Che succede? Signora come si sente?

Che succede? Signora mi sente?

Che succede? Non sento la bambina.

Che succede? Soffoco…

Paura, paura, paura… panico.

Madre terrorizzata!

Amica mia quella notte ti sedesti sul mio letto e, come la peggiore delle matrigne, con il tuo ghigno maleodorante, pieno di morte, mi sussurrasti nell'orecchio la tua vittoria.

Avevi cantato troppo presto: non avevi fatto i conti con la scienza, non avevi fatto i conti con i medici, non avevi fatto i conti con il mio corpo, stanco sì, ma, come una guardia fedele, disposto a morire per salvare la vita nel suo grembo. Salvate lei, salvate mia figlia! Madre altruista!

Quella notte, in un ricordo confuso, l'andirivieni di tanti medici, alcuni sempre al mio capezzale, altri che apparivano e scomparivano come spettri nella notte, due infermieri con voci soavi: «Signora come si sente? Come sta? Signora stia tranquilla, ora sistemiamo tutto…»

Cosa c'è da sistemare? Non vedete che lei è lì? Lei è tornata o forse non è mai andata via, vi ha ingannato illudendovi di averla sconfitta. Lei è più furba e ci sistema tutti!

Era Venerdì santo, pensai che fosse la nostra Via Crucis; in uno stato di confusione totale mi venne in mente una nota canzone e canticchiai sottovoce:

Venerdì santo

muore il Signore

tu muori amore

fra le mie braccia…

«Qui non muore nessuno!» irruppe la voce dell'infermiera che mi sottrasse al mio pensiero.

Via, scaccia il pensiero: qui non muore nessuno, non oggi, non questa notte. Ho paura, tanta paura, sono ore che sono sotto plasmaferesi. Quando viene mattina? Quando finisce tutto questo? Sono stanca… La bimba sta bene?

Crollai sfinita e sedata.

Quando mi svegliai avvertivo un fastidio al collo, istintivamente mi toccai: era un tubo. Che ci fa lì un tubo? Guardai la mia mano, un altro tubo usciva dal polso, di lato, sotto l'attaccatura del pollice, insolito posto per una flebo. Il tubo era grosso e collegato a marchingegni che non avevo mai visto; un'infermiera presente nella stanza, alla quale chiesi cosa fosse, mi spiegò che mi avevano preso un'arteria e il marchingegno serviva per prelevare il sangue senza dover fare un buco ogni tre ore. Il tubo era collegato a un monitor che segnava la pressione sanguigna, aveva un palloncino d'aria che ogni tanto le infermiere si premuravano di gonfiare; lo stesso monitor mostrava la linea del cuore. Madre sorvegliata! Anche il tubo che usciva dal collo era attaccato a un monitor – un altro! – e ad esso erano collegate due o tre sacche, che non mi capacitavo di come potessero finire tutte in un unico tubo; provai a toccare nuovamente, ma non riuscii a capire. Me lo dicesti tu, amore mio, quando arrivasti con i tuoi occhi tristi e stanchi. Il tubo si divideva in tre: quello primario entrava nella mia carne ed era cucito con tre punti di sutura e coperto da un cerotto trasparente. Come, cucito? A cosa serve? Perché lì? Che cavolo sta succedendo? Soffocai le mie domande, avrei avuto tempo per chiedere senza appesantire le tue spalle già pesanti.

Altri tre tubi uscivano dal mio braccio sinistro, anche questi collegati a macchinari: uno sul dorso della mano, uno sotto il polso e uno sulla piega dell'avambraccio. Sul braccio destro un vistoso ematoma copriva, dal polso al gomito, la mia pelle, gialla con sfumature dal viola al verde: un tentativo maldestro di prendere una vena collassata, dissero.

Tutti questi macchinari e monitor suonavano e suonavano e il loro suono entrava nelle mie orecchie e mi tormentava; quando non suonavano i miei, suonavano quelli degli altri pazienti. Ho rischiato di impazzire.

Lo stimolo di un bisogno fisiologico mi indusse a chiamare l'infermiera. Mi girai alla ricerca di un campanello, ma scoprii che in rianimazione non sono previsti, non è previsto che un malato possa chiamare: così attesi il passaggio di un controllo e dissi che avevo bisogno di fare la pipì. L'infermiera fece un cenno di assenso e sparì.

Dopo un tempo interminabile, senza vedere l'ombra di una padella, con una voce lieve per non disturbare i pazienti con me ricoverati, chiamai nuovamente.

Apparve immediatamente un'altra infermiera ed esposi di nuovo la mia esigenza. «Se deve urinare, faccia pure, le abbiamo messo il catetere. Ha solo la sensazione di stimolo, tranquilla». Pure il catetere? Passai tutta la giornata a guardare inebetita i tubi che fuoriuscivano dal mio corpo, pensando che per mia figlia avrei sopportato tutto con il sorriso.

Era arrivato il giorno di Pasqua e io ero ancora lì, con te, Amica mia, che cercavi di vincere la vita; il mio corpo stanco non reagiva e tu, sempre più cattiva, da dove sei entrata? Sei un demone che ho dentro, forse eri già scritto nel mio DNA? Stai rubando la scena ai miei organi, stai piegando la mia schiena, stai portandoti via il frutto del mio amore.

La situazione si complicò, dovetti essere trasferita nel centro dialisi di un altro ospedale. «Qualcuno può avvisare mio marito? Vi prego, con dolcezza, non lo spaventate, posso chiamarlo io?» NO!

Arrivarono i ragazzi dell'ambulanza. «Buona Pasqua, scusate se vi faccio lavorare anche di festa».

Altro ospedale, altri medici, altri infermieri, tutto un fervore intorno alla mia barella: fili, tubi, monitor, tieni alta la boccia, gonfia il palloncino, prendi questo monitor, collegami il cuore, attacca la macchina. Io non perdevo di vista nemmeno per un istante la dottoressa che mi accompagnava, l'unica figura rassicurante, l'unica che conoscevo, la dottoressa della rianimazione E così passò anche il pranzo di Pasqua, con il mio sangue che usciva per entrare in una macchina e una volta pulito rientrare nelle mie vene, ma la vena collassò e il macchinario andò in blocco; il mio sangue lì, fermo davanti a me, tutti bisbigliavano e si muovevano di gran fretta. «Prendete un lume, continuiamo lì!» Ma il sangue uscito che si trovava nella macchina si era coagulato. «Niente, lo buttiamo».

«Come, lo buttate? Ho freddo».

«Sì, signora, è tutto okay».

«Ho freddo!»

«Non si preoccupi».

Ho freddo. È questo che si prova quando si muore dissanguati? Guardare l'infermiera buttare i tubi pieni del mio sangue avvelenato mi sconvolse.

Alla mia bambina mancherà il sangue? Tanto era avvelenato.

Riposizionarono la macchina con i tubi nuovi e puliti, la riavviarono e sentii il mio sangue uscire dal collo e rientrarvi freddo.

Ho una sensazione di schifo misto a paura, sono stanca. Quando finirà tutto questo strazio?

Si ripartì con l'ambulanza per rientrare nel mio ospedale, dove, pronte ad aspettarmi, c'erano due sacche di sangue, il pranzo pasquale. «Sono le 17:00, potete avvisare mio marito? Posso chiamarlo?» NO! Con un filo di voce dissi all'infermiera: «Senta, facciamo così, oggi è Pasqua, ho passato una giornata infernale, sono sotto trasfusione, ora lei va in ufficio, prende il cordless con cui ieri ha parlato per più di mezz'ora con suo figlio per controllare se aveva fatto i compiti, me lo porta qui, e io chiamo mio marito, va bene?»

Se ne andò in silenzio per tornare con il telefono. Raccolsi le mie ultime forze della giornata e cercai di sostenere la voce debole.

«Amore come stai? Io bene, ora meglio, hai mangiato?»

«Sì!»

«Con i tuoi? Salutali, e fai gli auguri di Pasqua».

«Ricambiano gli auguri».

«A dopo, ti aspetto».

Ti aspetto in questa stanza con quattro letti senza alcun séparé, senza alcuna intimità, dove la mattina ci laviamo alla meno peggio, dove per fare il bidet si usa la padella e ci si fa lavare da mani estranee, premurose ma estranee, dove non si beve, non si mangia, non si parla, dove non esiste una radio, un televisore, dove la luce, la luce dei neon che fisso dalla mia posizione, è sempre uguale, giorno e notte.

Chissà che tempo fa fuori!

Intanto il sangue del mio amico sconosciuto entrava nel mio corpo avido di energia, irrorava le mie vene, dava vigore al mio spirito. Bimba mia, inizi a muoverti dopo ore di sonno profondo, sei stanca anche tu, povera figlia mia. Madre consolatrice!

L'ultimo intervento nel reparto dialisi sortì l'effetto sperato: Amica mia, ti abbiamo fermata.

Per tre giorni la situazione fu sotto controllo e stazionaria, ma la bambina soffriva, perdeva peso, era stanca di lottare. Non mollare piccola mia… non mollare. Madre implorante!

Niente da fare. La sua situazione peggiorava e si dovette procedere a un cesareo per darle una possibilità infinitesima. Nacque nostra figlia Giada, minuscola bambolina, stanca e avvelenata, che, nonostante le cure premurose, smise di lottare e lasciò scivolare la sua vita in un oblio di serenità.

HELLP, rara sindrome, bestia malefica, quanto ti ho odiata, quanto hai martoriato il mio corpo per poi alla fine prenderti il bene più prezioso!

HELLP, ti ho trasformata in Amica, imparando tutto di te, e lotto per riconoscerti negli occhi di altre madri.

HELLP, ho strappato in questi anni qualche madre dalle tue grinfie, alla fine non hai vinto sulla mia vita, mi hai lasciato qui con il mio carico di dolore e di conoscenza, mi hai dato la possibilità di combatterti con i pochi mezzi che possiedo e lotterò ogni giorno per trovarti.

I danni da te cagionatimi, nel corpo e nella carne, sono scomparsi dopo due lunghi anni, ma i danni nella mia mente ancora vagano nel buio della notte come fantasmi a disturbare il mio sonno. A volte penso che tu e io ormai siamo una sola cosa…

Senza di te oggi non sarei mai divenuta migliore.

Dentro di me, per sempre

Il tempo mi risucchia
verso il fondo del pozzo
lì sei tu, fra radici
e buio.
Non sento più la tua voce,
chiamami! Ho bisogno!
Ho bisogno di amarti
ogni giorno, ogni ora
ogni minuto, ogni attimo.
Sentire il tuo respiro
darti il mio
come fosse l'unica aria
di cui necessiti
per vivere.
Vivere in me
vivere per me
vivere dentro di me.
Anche quando sto male
anche quando il pozzo si fa più profondo
e non ti trovo più!
L'incertezza di non saperti
dentro di me
per sempre.

La prima gravidanza non sapevo neanche cosa fosse la preeclampsia. Dopo giorni di malessere scambiati per gastroenterite (flebo ecc.) mi dissero che dovevo sottopormi a un cesareo d'urgenza! Trasfusioni di piastrine, mi svegliai senza pancia e senza bimba perché stava in Terapia Intensiva Neonatale in un altro ospedale. Un colpo al cuore durato anni...
Aspetto la mia seconda bimba, con emozioni indescrivibili e, aspettandomi sempre il peggio. Spero avrò la mia rivincita!
Paola

La preeclampsia è stata un fulmine a ciel sereno, la mia gravidanza procedeva a gonfie vele e in 2 settimane è precipitata... Mi sono sentita in colpa, pensavo di aver trascurato la mia bimba e mi sono posta un sacco di domande e di 'se'...
A distanza di un anno non passa giorno che non ci pensi.
Serena

Ho discusso diverse volte con la mia amica Diana Mayer Grego del motivo per cui uno specialista non è in grado di comprendere l'insorgere di questa malattia. Forse, se ci fossero più professionalità e meno noncuranza, tante vite verrebbero salvate. Invece l'eclampsia e altre patologie simili sono ancora allo studio in quanto probabilmente considerate patologie di second'ordine. Io sono stata fortunata. Mi sono trovata al posto giusto nel momento giusto. Questo mi ha salvata, ma spesso così non è.
Caterina

Se solo...
(Stelia)

Sono passati cinque anni da che sei volata via... sulle ali di un angelo.

Tu e io, sole a lottare contro il vento.

Il tuo papà e io a lottare contro la vita, dura, difficile. Soli come due lacrime che rigano il viso.

Vorrei lasciare la tua anima gentile, aggrapparmi a questo mondo falso, fatto d'inutile normalità. Dove il più debole viene nascosto, dove le tragedie sono ignorate per paura di essere troppo coinvolti, travolti dalla sofferenza, dove la superficialità delle persone ferisce più della stessa tragedia.

Non è forse vero che i figli sono di chi li cresce? E madre è colei che li genera? Ma chi li fa e poi non li cresce? Chi è? Che fa? Cosa deve fare una madre per sopravvivere a tale destino avverso?

Non nego che è stata forte la tentazione di lasciarmi andare al mio dolore, come una nave persa nelle nebbie, ma come posso rinunciare a vivere quello che il tempo vorrà ancora regalarmi? Un sogno, un dono o mille altri drammi? Da vivere con la stessa dignità di ora!

Ancora sto aggrappata alla tua manina gelida, inerme, con il cuore spezzato, felice nutrendomi del tuo ricordo, respirando ogni attimo di te, rivivo ogni istante della nostra storia, quasi un'ossessione.

Come hanno potuto non accorgersi di quello che stava accadendo dentro il mio corpo? Non era mal di pancia! Il mostro cresceva dentro di me e, nutrendosi del mio sangue, divorava il mio fegato e uccideva te, figlia mia che portavo in grembo.

Come hanno potuto le loro orecchie non sentire le mie grida di dolore e la mia richiesta implorante di aiuto?

Io sentivo che qualcosa non andava, io sapevo che il mio corpo non rispondeva come doveva, quei brividi sospetti la notte, come quando ti si alza la febbre, ma febbre non era. Quei sudori freddi, nemmeno dieci coperte riuscivano a riscaldare il mio corpo tremante.

Quel dolore lancinante che spezzava in due la mia schiena. Quei blocchi allo stomaco dopo aver mangiato che mi facevano rigettare tutto…

«Io sto male!»

«Sì, signora, è tutto normale, lei è solo e semplicemente incinta».

«No… semplicemente non ascoltate, vi sto dicendo che qualcosa non va!» Chi meglio di me, poteva conoscere il mio corpo? Non andava! E non sapevo cosa…

Oltre al dolore fisico, sentivo l'impotenza dentro di me, mi sentivo dare della fissata. Una serie di colloqui con il personale addetto che aveva il compito di capire cosa non andasse nella mia mente, per scacciare le mie insensate paure, rimarcava il fatto che tendevo a essere ipocondriaca: «La gravidanza non è una malattia, lei ne sta facendo una malattia, non c'è nulla che non vada! È tutto nella sua mente, problemi atavici legati a sua madre!»

Ah! Quanto avrei preferito avessero avuto ragione loro!

Stavo male e nessuno mi ascoltava, dentro di me frustrazione per non avere la dovuta attenzione, prigioniera del mio corpo e del silenzio assordante che mi circondava, avessi potuto cercare da sola cosa mi stava succedendo, invece ero lì, in balia degli eventi, nessuno capiva.

Quando la malattia prese il sopravvento e fu necessario il ricovero urgente in rianimazione, non vidi più i loro visi diffidenti, niente più colloqui per sapere se la mia mente era sana, la risposta era lì – evidente – sotto gli occhi di tutti, purtroppo era il mio corpo a essere malato, come tante, tante, troppe volte avevo ripetuto invocando l'aiuto di qualcuno.

Che fosse così rara la bestia, da non riconoscerla, nonostante si mostrasse con segnali evidenti e cruenti?

Non li biasimo per il loro comportamento, nessuno aveva immaginato che fossi affetta da sindrome HELLP, nessuno di loro l'aveva mai vista nella sua crudeltà. Nessuno nemmeno tentò di prenderne coscienza, né prima, né dopo.

Cosa sarebbe cambiato nelle nostre vite se avessero fatto più attenzione alle mie richieste di aiuto? Se quella intuizione fosse avvenuta mesi prima… Se… Se… Se…

Mi rendo conto che è sbagliato e troppe domande rimarranno insolute per sempre: di 'se' e di 'ma' son piene le fosse. Penso a Katia, che è stata in coma e ce l'ha fatta, penso a Paola, che non c'è più… penso che la natura ci abbia dato una bocca e due orecchie, per parlare meno e ascoltare di più! Rimango qui, fermo immagine, aggrappata al tuo dolce ricordo e ancorata alla mano forte del tuo papà, se la lasciassi, sarei persa nelle ombre e andrei alla deriva con la mia nave fantasma.

Silenzio, parla il cuore

Se lasciassi parlare il cuore
parlerei di dolore.
Lui mi racconta di vuoti,
silenzi, delusione,
di quattro mura
erte a prigione.
Lui mi tira in disparte
mi sussurra parole
di speranze passate.
Scoppia d'amore
che non sa più
dove mettere.
Produce, produce,
immagazzina
sentimenti sopiti,
amori mai dati,
sogni mai nati.

La preeclampsia per me è paura, sofferenza.
Mi ha lasciato un gran vuoto nel cuore, avendo perso la mia bambina per colpa sua... un vuoto infinito, anche se ora ho un altro bimbo che è la mia gioia. Ho avuto la possibilità di poter vivere una gravidanza normale e portare a casa il mio figlio... È stata la mia rivincita! Grazie Diana per il tuo impegno.
Giada

La preeclampsia... lei, subdola e improvvisa, mi ha reso il sogno di tutti i sogni un'incognita. L'ignoranza mi ha salvato da quella paura di morire... Lei, prepotente in me, non mi ha dato modo di realizzare... In un caos di medici, sala operatoria, corse, ho vissuto il cesareo... Il mio diventare madre così, da un attimo all'altro... tutto contornato dall'urgenza, dal sapore di morte imminente per noi... E invece no! I medici (e voglio credere anche mia madre da lassù) ci hanno salvato. Quel vagito che urlava imponente nel silenzio tombale delle anime e corpi concentrati... ha urlato alla VITA! La mia guerriera, 31 settimane (IUGR SGA - ritardo di crescita).
Maria Letizia

La preeclampsia mi ha tolto la serenità di diventare madre con la gioia nel cuore. Si è presentata due volte, in maniera subdola e diversa... Il mio peggior incubo che ancora mi perseguita nei sogni! Forse non me ne libererò mai, ma la mia rivincita sono le mie figlie Asia e Sofia.
Mara

Silenzio
(Giuliana)

Il silenzio non è assenza di rumore!

Cala la notte, la città si calma, il buio avvolge ogni cosa, nelle strade deserte regna il silenzio.

È mattina, la città si anima, sta albeggiando e le persone iniziano frenetiche la loro giornata, le strade prendono vita con il viavai di automobili, ognuno si appresta a rincorrere il proprio fare.

Vorrei uscire! Ma non saprei dove andare, a incontrare volti assenti che abbassano lo sguardo? Ho deciso, per ora resto a casa. Magari esco più tardi, vado al cimitero e a comprare qualcosa da mangiare. Che fatica. Forse incontrerò uno sconosciuto al quale racconterò la mia storia di dolore, quanta voglia ho di parlare, condividere, togliermi questo peso che porto dentro, il mal capitato si accollerà questo mio bisogno? Oppure scapperà a gambe levate non appena pronuncerò la parola 'rianimazione'? Solitamente è così che accade. La maggior parte delle persone non sono sintonizzate sul canale dell'ascolto, soprattutto se la trasmissione in onda è centrata su "oggi parleremo di malattia e morte", al primo stacchetto pubblicitario basterà una distrazione, scusandosi per la fretta: «Devo proprio andare». Fanno bene a scusarsi per la loro mancanza.

Rimarrò sul divano ancora un po'. Giro per la casa, con la televisione accesa che emette suoni lontani dalla realtà, si parla di problemi e problemucci ai quali, puntualmente, arriva il lieto fine con festeggiamenti fuori posto per traguardi scontati. Cambio canale, non cambia nulla. Avrei io qualcosa da raccontarvi, ma forse il mio non lieto fine è poco adatto? Eppure devo dire che una volta mi hanno chiamata in televisione ed è stato bello condividere con gli altri il mio vissuto.

Lo zapping compulsivo comanda la mia mente apatica, seduta sul divano le ore passano, i giorni passano. Chissà se fuori c'è il sole? Forse piove.

Apro le finestre e mi affaccio, chissà, forse passerà qualcuno che conosco e scambierò un semplice "ciao"? Ma fuori c'è il silenzio, per strada tutti camminano frettolosi a testa bassa, rincorrono la loro vita senza accorgersi che in realtà gli sfugge via.

Se si fermassero ad ascoltarsi.

«Cosa senti?»

«Silenzio!»

«Tutto il tuo correre dove ti porta?»

«Non lo so!»

Solo silenzio!

Quanto tempo sarà passato da questa mattina? Lo stomaco gorgoglia, ho fame, sarà meglio che esca a comprare qualcosa, magari incontrerò qualcuno che conosco e non vedo da tempo. Un amico? Già riesco a immaginare il solito dialogo: «Ciao, ho saputo cosa ti è capitato». Lo sguardo basso a discolpa pensando: "Che cosa avrei potuto fare?"

Io resterò lì ferma, impietrita, e non riuscirò a proferire verbo, in fondo speravo di incontrare qualcuno, invece mi chiuderò nel mio silenzio che mi rimbomberà in testa come una campana a morto.

Dopo una lunga pausa interminabile mi dirà: «È terribile!» Il suo sguardo si metterà a leggere la tabella dell'autobus e guardarsi attorno nella speranza di trovare qualcuno o qualcosa che lo liberi da questa situazione imbarazzante. E continuerà: «Sai, non ti ho chiamato perché non sapevo proprio cosa dirti…». Il suo sguardo si nasconderà cercando affannosamente qualcosa in tasca, io guarderò la scena come stessi vivendo un film e penserò: "Che cosa volevi dirmi? Non c'era nulla da dire, magari potevi pensare che avresti potuto lasciar parlare me?"

Cadrà il gelo del silenzio fra noi.

«Ora però stai bene vero? Ti vedo bene, sai. Meno male che è tutto finito!» Finalmente il suo sguardo incontrerà il mio e l'amico comprenderà in quell'attimo di scambio umano che con quell'ultima frase mi avrà tappato la bocca. Mi avrà tolto la possibilità di parlare, di raccontare, di dire come mi sento. Riuscirò a malapena a rispondere, mentre scapperò lontano: «È tutto finito. Sono guarita!»

Ma sono guarita?

Il mio corpo ancora porta i segni del martirio: CVC - CA - CV - TC (sigle!), sembra abbiano usato il T9 per scrivere la storia della malattia sulla mia carne.

I miei organi sono stonati, ma l'epatologo e il nefrologo sono ottimisti: in un paio d'anni, se tutto va bene, dovrei tornare in perfetta forma.

La figlia che portavo in grembo giace al cimitero, uccisa dalla rara sindrome che ha colpito la sua mamma. Penso che fra i miei mille conoscenti, forse dieci sanno come si chiama la sindrome che mi ha colpito: HELLP, e di questi dieci forse uno solo sa cosa significa, ma nessuno è a conoscenza di quello che ho passato, perché appunto, è passato! Fra il loro silenzio assenso e il mio tacere rassegnato.

Quanto tempo è trascorso? Lo stomaco non gorgoglia più, mi farò un tè! Aspetto che ritorni a casa il mio compagno di avventure, lui è un bravo ascoltatore, la mia ultima spiaggia prima di impazzire al canto delle sirene. Ho imparato da lui in questi anni a diventare ascoltatrice di chiunque mi rivolga la parola, il mondo è pieno di persone che hanno bisogno di parlare, io ascolto e imparo, traggo giovamento dal loro sollievo nel trovare orecchie che ascoltano.

Cala la notte, tutto tace, finalmente silenzio, quello sano!

Crescere

Dal dolore più grande
può nascere
la gioia eterna
solo per chi ha occhi
per vedere, oltre.
Chi ora
non può o non vuol
vedere
non è detto
rimarrà cieco
per sempre.

Fino al 20 novembre dello scorso anno il mio solo pensiero ricorrente era: bimba in arrivo, nuovo lavoro e nuova casa, tutto perfetto. Poi, nel giro di poche ore tutto è cambiato, la gravidanza felice si è trasformata in un incubo chiamato sindrome HELLP, e solo l'essere state al posto giusto nel momento giusto ci ha salvate. Oggi io ed Elettra Maria siamo qui a testimoniare quanto sia fondamentale una diagnosi tempestiva. Un ringraziamento al personale medico dell'ospedale Santa Maria Annunziata e al Dott. B. in particolare, per la perizia e la cura avute nei miei riguardi.
Valeria

La preeclampsia ha portato via la mia spensieratezza.
La mattina stai bene e pensi che la tua vita sia meravigliosa; alle 10 di sera ti ritrovi ricoverata in ospedale e non sai se ne uscirai…
La preeclampsia mi ha portato via mio figlio e con lui un pezzo di me.
Dopo la preeclampsia niente è stato come prima…
Luisa

Le prime due gravidanze hanno avuto la preeclampsia verso la fine, per entrambe mi fecero il taglio cesareo. L'ultima gravidanza, la terza, un disastro. A 25 settimane abbiamo iniziato a lottare, taglio cesareo d'urgenza a 28 settimane. Sono stata sette giorni in rianimazione e sono finita tre volte in sala operatoria, un incubo.
Cristina

Per me significa avere ancora la paura di non aver vissuto tutti i momenti della mia bimba.
Ana

Una vita perfetta
(Iris)

La mia vita era perfetta: venticinque anni di benessere, una famiglia attenta e premurosa che mi ha cresciuto con amore e autorevolezza, insegnandomi l'educazione e il rispetto.

Un compagno, conosciuto dagli scout, un colpo di fulmine, una scintilla al cuore, amore a prima vista, che volere di più? Lui non è solo il mio compagno di vita, lui è il mio miglior amico, fin da ragazzini.

Amiche sincere con le quali condivido ogni cosa, fra sorrisi e spensieratezza.

Il mio lavoro, quello che sognavo da bambina e per il quale ho studiato, ben retribuito, colleghi stupendi.

Il mio matrimonio, una favola.

Il desiderio di un figlio, a dir la verità, il mio desiderio di una figlia e così sarà, incinta al primo colpo.

33 settimane di felicità, gioia, euforia, settimo cielo, per noi e per tutti!

La mia vita era perfetta, fino a quel maledetto giorno.

Mi svegliai con le caviglie molto gonfie e un forte mal di testa, chiamai subito il ginecologo dal quale mi facevo seguire in privato. Mi disse che era normale, di stare distesa con un cuscino per tenerle rialzate. Fu inutile. Il giorno successivo erano così gonfie da non permettermi di indossare le scarpe. Mi rimproverò per il mio peso aumentato. Mi ammonì che se avessi continuato così mi sarebbe salita la pressione e mi sarebbe venuta la gestosi.

Solo che io non mangiavo praticamente nulla, non era spiegabile tutto quell'aumento di peso.

Mi spaventai non poco e iniziai a cercare su Internet cosa fosse questa gestosi. L'unica cosa che capii è che avevo tutti i sintomi e che era il nome usato in passato per indicare quella che oggi è la preeclampsia.

In accordo con mio marito decidemmo di consultare un altro dottore.

A due giorni dall'inizio dei primi disturbi, presi appuntamento con un luminare in questa patologia.

Ci ricevette la mattina del giorno dopo e la doccia fu gelata, dopo nemmeno dieci minuti di visita avevo già la carta in mano per il ricovero d'urgenza e non avevo capito cosa stesse succedendo.

Ci presentammo in pronto soccorso alle 11:00 così com'eravamo usciti da casa, io avevo null'altro che i vestiti che indossavo.

Inquadrarono subito la situazione, grazie anche alla lettera di accompagnamento rilasciata dal luminare.

Subito mi fecero il monitoraggio per vedere se la bambina stesse bene, era un pochino sottopeso per l'età gestazionale e i flussi delle arterie uterine erano pessimi, praticamente – per quanto riuscii a capire – la bambina era in sofferenza perché non riceveva abbastanza nutrimento.

Mi diedero delle pastiglie per abbassare la pressione, che era molto alta, e mi fecero una puntura per la bambina, dissero che era per formare i polmoni più in fretta, qualora avessero dovuto farla nascere prima.

Iniziarono la raccolta delle urine sulle 24 ore per vedere la proteinuria e mi fecero numerosi prelievi di sangue.

Il mio umore era un misto di stupore e terrore, le cose stavano accadendo troppo in fretta e non mi lasciavano il tempo di pensare, decidere, capire. Le mie paure, che erano arrivate a farmi tremare le gambe, ora stavano passando, mi sentivo in buone mani.

Mi portarono con la sedia a rotelle a fare la visita cardiologica, il ginecologo di guardia non mi lasciò mai un momento. Nel frattempo invitarono mio marito a correre a casa e prendere la borsa per l'ospedale. Ma noi non avevamo ancora preparato nulla, quindi buttò in valigia tutto quello che gli sembrò utile per il ricovero, camice da notte, ciabatte e beauty case con dentro tutto l'occorrente per lavarmi.

Mentre ero distesa per fare l'elettrocardiogramma sopraggiunse un fortissimo dolore alla schiena che mi fece mancare il respiro.

Pensarono fosse una contrazione, mi chiesero di fare una descrizione più precisa possibile e dissi che era come se mi avessero colpito con un bastone in piena schiena e sembrava che mi stessi spezzando in due. Dal tipo di dolore che stavo descrivendo capirono subito che non si trattava di un semplice spasmo e vidi che si allarmarono non poco.

Arrivarono, dopo poco, i risultati delle analisi del sangue e la diagnosi fu certa: si trattava di sindrome HELLP.

Appena tornò mio marito fummo informati della situazione e non si risparmiarono nel farci capire quanto le nostre vite, della bambina e mie, fossero in grave pericolo. Dovevano intervenire tempestivamente con un cesareo per farla nascere.

"Farla nascere? Ora? Non siamo pronti!" fu l'unica cosa che riuscimmo a pensare, totalmente sconvolti.

Ci fecero parlare con il pediatra – primario della Terapia Intensiva Neonatale – che ci spiegò la situazione della bambina e ci espose tutto quello che ci avrebbe aspettato dopo la nascita prematura: sarebbe stata ricoverata in Terapia Intensiva Neonatale, probabilmente l'avrebbero dovuta intubare, avremmo dovuto aspettarci una bambina molto piccola, più piccola di tutti i neonati che avevamo visto. Dovevamo essere pronti anche al peggio.

"Peggio?" La mia vita era perfetta, non c'erano mai stati intoppi, tutto filava liscio come doveva. Perché dovevamo aspettarci il peggio? Ma soprattutto cos'era questo peggio? La morte?

No, no! Non era possibile che tutto questo stesse accadendo a noi. Forse si stavano sbagliando, forse avrei dovuto ascoltare il mio primo medico che mi diceva di stare tranquilla con le gambe per aria. Volevo andare a casa, ricordo solo questo, e i pianti infiniti mentre mi toglievano lo smalto dalle unghie e le lenti a contatto che mio marito premuroso sistemava nei contenitori, e «Qualcuno avvisi mia madre, i nonni, gli amici, i parenti, tutti».

Mi spogliavo fra i singhiozzi e tenevo abbracciata la mia pancia, dentro c'era la mia bambina e l'unica cosa che riuscivo a capire era che di lì a poco non avrei potuto più averla con me. "Chi si prenderà cura di lei?" mi chiedevo. E piangevo, e nessuno si prendeva cura di me perché non c'era tempo, bisognava agire in fretta per salvarci la vita, ma non mi sembrava di stare così male da potere morire, volevo solo che si fermassero un attimo, che mi dessero il tempo di capire, di tenere la mia bimba ancora con me.

Luisa nacque dopo cinque ore dal nostro ricovero, pesava 1500 g. Piccolissima e bellissima, perfetta con la boccuccia e le manine minuscole, un amore. Fu ricoverata subito in Terapia Intensiva Neonatale dove rimase per più di tre mesi, io venni dimessa dopo dieci giorni con le cure adeguate da seguire a casa.

Mi tiravo il latte, andavo in ospedale la mattina presto e uscivo la sera tardi, non lasciavo mai la mia piccola da sola, doveva sapere – sentire – che la sua mamma era lì con lei, per lei. Anche se era un trauma non da poco lasciarla da sola la notte.

È stata lunga e difficile, ci siamo spaventati molte volte, le condizioni di Luisa erano altalenanti, abbiamo vissuto sulle montagne russe, tra apnee e sospiri.

È passato quasi un anno e stiamo entrambe bene.

Non ho ancora superato il trauma di aver vissuto quella terribile esperienza, il dolore fisico e psicologico mi ritorna in mente ogni volta che penso di avere un altro figlio. Mi piacerebbe.

Oggi la mia vita non è più perfetta, ma è sicuramente migliore, tutto questo vissuto mi ha fatto crescere e diventare una donna più forte e una brava madre. Ora sono consapevole di me stessa e del fatto che la vita si può stravolgere da un momento all'altro e si deve viverla a pieno nella sua bellezza, nella sua essenza.

Guardo mia figlia e, nonostante tutto, ringrazio per averla avuta e ringrazio che sia sopravvissuta.

Mi sono informata su questa patologia: preeclampsia sindrome HELLP e so che tanti bambini e anche mamme non ce l'hanno fatta! Non manca mai il mio pensiero per loro. Noi siamo state fortunate e non è scontato.

Spero che in tanti leggano la mia storia, le nostre storie, affinché comprendano quando è subdola e crudele questa sindrome ancora poco conosciuta!

Piccolo angelo

Io verrò, dove ti hanno sotterrato
col pensiero ti incontrerò.
Io lo so tu non sei lì
sei aria, acqua
sei terra e fuoco.
Sei ogni cosa che parla
di te.
Io lo so tu sei amore,
passeranno i giorni del dolore
tu ritornerai
per donare tenerezza
consolare con una carezza.

La preeclampsia mi ha cambiata... Dopo la paura, la cosa peggiore è il percepirmi una donna a metà, incapace di dare la vita in modo sano!
Erika

Dopo una settimana di vomito incoercibile alla 28ª settimana, la mia ginecologa disse: «Vada a farsi dare gli acidi biliari e se non migliora si faccia ricoverare per iperemesi gravidica». Quella stessa notte mi svegliai con urine violacee. Chiamammo l'ambulanza: mi rifiutarono il ricovero, dicendoci che i sintomi non erano preoccupanti. Mi liquidarono con l'ennesimo antiemetico. Il giorno seguente andai nell'ospedale dove lavoro, con gli stessi sintomi e con il foglio di proposta ricovero della guardia medica. Mi rifiutarono il ricovero, di nuovo.

Mi intestardii e mi presentai al pronto soccorso, dove, su mia insistenza, mi fecero alcuni esami. Arrivarono i risultati: sindrome HELLP e preeclampsia severa e mi spedirono al Gaslini di Genova dove per tre giorni cercarono di abbassarmi i valori del fegato e di alzare quelli delle piastrine, troppo basse. Al terzo giorno peggiorai e mi operarono d'urgenza alla 29ª settimana +2 giorni.

Al mattino secondo i ginecologi non avevo nulla di grave, al pomeriggio ero gravissima... ma è andata bene! Mia figlia è nata di 1 kg e 30 g, è sempre stata bene e io anche. Ritengo, però, che troppi medici non conoscano bene i sintomi e li confondano con altri simili, eppure la preeclampsia, la gestosi e la sindrome HELLP fanno troppe vittime per essere ancora così poco conosciute!

Ringrazio sempre Diana e i vari dottori dell'AIPE, ma spero davvero che qualcosa cambi in meglio e in fretta!
Marina

Una gravidanza splendida
(Anna)

Ci sono voluti quasi dieci anni per vedere il test positivo, vi lascio immaginare la gioia, dopo tanta attesa.

Ho vissuto tutto questo tempo immaginando come sarebbe stato questo momento. Ora lo sto vivendo e la felicità è immensa, sta iniziando una nuova vita dentro di me, il nostro cammino insieme.

Una gravidanza splendida, sia fisicamente sia psicologicamente, il bambino si muove continuamente, ho iniziato a percepire i suoi movimenti già dalla 15ª settimana, cresce bene. Il ginecologo, a ogni visita, ci fa i complimenti per come procede la gravidanza, è tranquillo.

Mio marito e io aspettiamo con serenità il giorno in cui verrà al mondo, abbiamo preparato la cameretta: sulle pareti tinteggiate di un azzurro delicato abbiamo dipinto tante piccole nuvole bianche. Abbiamo comprato mobili bianchi con le rifiniture azzurre e le tende della finestra sono bianche in basso e sfumano in celeste, con il disegno di due mongolfiere che si librano nel cielo. Ho già completato il corredino che è lavato, profumato e riposto nei cassetti, è tutto fantastico, sono arrivata al settimo mese senza nemmeno accorgermene.

Le analisi perfette, le visite anche. Lui scalcia e si muove continuamente, passo le ore a coccolarlo e cantargli canzoncine. Mi hanno detto, al corso pre-parto, che così riconoscerà la mia voce anche dopo la nascita.

Manca una settimana alla visita dell'ottavo mese e una notte mi sveglio perché il bambino è molto agitato, ho come la sensazione che si muova troppo, ma dopo un po' si calma e si addormenta e io con lui. La mattina successiva mi sveglio di soprassalto, devo aver fatto un incubo, è presto, lascio mio marito dormire ancora fino al suono della sveglia. Scendo a fare colazione e stranamente mi rendo conto che il piccolo non si è ancora svegliato. Non si muove.

"Poco male" penso "vedrai che quando mangio i biscotti ti svegli di colpo!" Ridacchio pensando a noi due complici nello stesso corpo.

Mangio, e ancora stranamente non si muove. Inizio a preoccuparmi e mi metto a camminare e a dare dei piccoli colpetti alla pancia, lo chiamo con dolcezza, canticchio. «Amore, muoviti, ti prego, la mamma comincia a preoccuparsi. Non mi far spaventare».

Non si sveglia! Non si muove!

Una fitta violenta mi trapassa il grembo e sale alla bocca dello stomaco, urlo, urlo forte per il dolore e forse perché inizio a capire che è successo qualcosa, non ci voglio pensare, non voglio pensare al peggio. Arriva mio marito svegliato di soprassalto dalle mie grida.

«Il bambino! Il bambino non si muove da stamattina! Dobbiamo andare all'ospedale!» gli strillo mentre lui, spaventato, corre a mettersi la tuta. Due minuti e siamo in auto, di corsa al pronto soccorso.

Il medico che ci accoglie cerca di tranquillizzarci, siamo entrambi molto agitati e gridiamo che ci aiutino, che il bambino non si muove. Ci portano a fare un'ecografia, sempre accompagnandoci con parole rassicuranti. Ma io lo so, lo sento che qualcosa non va. L'ecografista poggia la sonda e fissa il monitor. Dondola la testa preoccupato. Io inizio a piangere e a urlare la mia disperazione, lo prego di tagliarmi la pancia e di tirarlo fuori, di rianimarlo! Gli urlo sempre più forte di fare qualcosa e non rimanere fermo lì impalato! Mio marito si sente male, lo vedo impallidire e accasciarsi al suolo.

Arrivano diverse persone, non saprei se infermiere, ostetriche o medici, attirati dalle grida.

Il ginecologo mi continua a ripetere: «Mi dispiace, non possiamo più fare nulla!» Mi abbraccia nel tentativo di calmarmi ma io lo spingo via. «Vi prego, fate qualcosa...» La mia voce si fa lieve fino a ripetere all'infinito la mia richiesta d'aiuto come una cantilena e, fra lacrime e sospiri, canto una canzoncina, l'ultima volta, al mio bambino.

Il mattino seguente mi inducono il parto di cui ricordo solo lacrime e dolore, nient'altro!

Mi chiedono se voglio vederlo, prenderlo in braccio, non voglio, ho paura di morire di dolore, lo prende in braccio mio marito.

Li osservo incuriosita, lo culla e gli parla sottovoce. È un'immagine che mi rimarrà per sempre nel cuore, la serenità con cui lo dondolava, quasi a volerlo rassicurare, farlo addormentare, come se fosse stato vivo.

Mi lascia il tempo di guardarli assieme, di decidere, di comprendere, di partecipare.

Alla fine mi sorride e si avvicina con quel fagottino fra le braccia e me lo posa di fianco. Pronuncio il nome di mio figlio. Mio marito scappa dalla sala in preda a un pianto disperato, vorrei corrergli dietro, stringerlo, amarlo, sostenerlo, asciugare le sue lacrime ma ora non voglio piangere. Ho in braccio il mio bambino e voglio che senta tutto il bene della sua mamma, come ha sentito quello del suo papà fino a un attimo fa.

Scosto di poco il telino nel quale è avvolto: il suo volto è poco distante dal mio, bellissimo con tanti capelli neri come me. È perfetto, braccia, mani, dita, unghie, lo tocco tutto carezzandolo, lo bacio e gli chiedo perdono per non essere riuscita a proteggerlo. Sento che lui è già un essere superiore rispetto a noi mortali, un angelo, gli chiedo di proteggerci, di darci la forza per superare la sua assenza materiale, di illuminarci il cammino. Il personale in sala è ammutolito, qualcuno si asciuga frettolosamente le lacrime per non farsi vedere.

Dopo qualche minuto mio marito rientra, ricomposto, si avvicina e ci stringe in un unico abbraccio, protettivo, ristoratore, avvolgente, consolante.

È indescrivibile questo momento, c'è tanta commozione.

Il dolore torna prepotente al momento del rientro a casa, con le braccia vuote e una cameretta vuota piena di lui.

Entriamo assieme e ci lasciamo andare alla disperazione, quanti anni ad attendere, sperare, pregare per avere un figlio e ora lo abbiamo anche se non come desideravamo.

Il resto del mondo pensa in modo razionale e non vedendolo crede che non esista!

Al funerale sono venuti in tanti per sostenerci, ma io avevo occhi solo per quella piccola bara bianca. Così piccola da permettermi di tenerla in braccio e cullarla. L'abbiamo seppellito nel Campo dei bambini al cimitero, e io ho pianto e mi sono disperata per questo ultimo distacco. Il mio bimbo fisicamente non c'era davvero più!

Ho scoperto in seguito di aver avuto la preeclampsia asintomatica, un distacco di placenta dovuto a un rialzo pressorio improvviso, un'insufficienza placentare acuta, fulminante. In realtà non ho ben capito cos'è successo.

Sono passati otto mesi, fra pianti, rabbia, delusioni, incomprensioni, abbandoni, lacerazioni. Il medico dice che possiamo ritentare di avere un altro bambino, che esistono dei protocolli da seguire per tenere sotto controllo la patologia, che il rischio che si ripresenti esiste, ma possiamo tenerlo a bada.

Abbiamo deciso di staccare la spina e fare un viaggio, lungo, in America, 40 giorni lontani da tutto e tutti, solo noi tre.

È passato un anno da quel viaggio rigeneratore e vi sto scrivendo con la mia piccola Gabriella in braccio.

La vita, con il suo arrivo, ha ripreso ad avere un senso terreno, accudirla mi fa sentire bene, ogni tanto quando dorme sorride, e sono sicura che sia suo fratello maggiore che le passa accanto e magari le canta una canzoncina.

Perdonami

Piccolo fiore abbandonato
nullo è il tuo destino,
trasparente il tuo essere,
sperduto il tuo visino,
occhi grandi disperati
... cerchi la luce
in questo mondo
di adulti distratti.
Piccolo fiore abbandonato
nulla potrà valere più
nemmeno il tuo,
di altro mondo, perdono.

Per me ha rappresentato la fine della mia vita... della mia VERA vita! Ha rappresentato la fine dei miei sogni, ha rappresentato il buco profondo, il tunnel senza possibilità di uscita!
Rita

La preeclampsia arrivò nella mia vita come un fulmine a ciel sereno, stravolgendo la mia gravidanza; togliendomi tutta la serenità e spensieratezza che avevo prima di quel giorno che non potrò mai dimenticare. Trascorsi notti insonni e giornate in pieno tormento, pensando a cosa potesse accadermi 'all'improvviso'.
Durante il ricovero ebbi la pressione alle stelle; gambe, piedi e faccia gonfia.
Guardandomi allo specchio quasi non mi riconoscevo.
Dopo 'solo' nove giorni dovettero interrompere la gravidanza.
Nacque Daniele, 27 settimane e 935 g. Il mio Amore più grande.
La mia forza è lui. Il mio guerriero.
Quando lo vedo così cresciuto penso che sia valsa la pena di affrontare tutto.
Lui è il mio battito. Lui è il piccolo ometto che negli ultimi due anni mi ha insegnato tanto, ad esempio a non lamentarmi per le cose stupide e sciocche, ma lottare perché VINCERE si può.
Maria

Mi ha cambiato la vita, i sogni, i progetti. Mi ha cambiato il corpo... mi ha dato rabbia, incubi, paure. Ma ho lei, la mia Caterina. Una guerriera forte che urlava di volere rivedere la sua mamma; è stata la sua forza ad aiutarmi a vivere e a riprendermi.
Annalisa

Ci hanno salvato

(Roberta)

Ho sempre desiderato una famiglia numerosa: scherzando, ma nemmeno poi tanto, dicevo che minimo minimo dovevo avere un maschietto e una femminuccia.

Dopo due anni di tentativi e nemmeno l'ombra di una gravidanza, ci sottoponemmo a tutte le indagini del caso; di primo acchito pareva tutto a posto, un'infertilità inspiegabile.

Non avete idea di quante volte mi sono sentita dire: «Quando smetti di pensarci arriveranno». Certo, come no! Invece io sono una che ha i piedi per terra e sapevo benissimo di non essere fissata, quindi doveva esserci per forza qualche impedimento.

La diagnosi arrivò come una sentenza dopo una laparoscopia esplorativa: endometriosi!

Ecco spiegati tutti i miei dolori, soprattutto durante il ciclo mestruale. Ci spiegarono che questa malattia è un ispessimento del tessuto endometriale e che provoca infiammazioni, coliti, ma la cosa peggiore è che può provocare aborti spontanei ed essere causa d'infertilità, perché l'ispessimento del tessuto non permette l'impianto dell'embrione.

Ci crollò il mondo addosso, ma il medico ci rassicurò: potevamo tentare la strada della fecondazione assistita con buone possibilità di riuscita.

Al secondo tentativo rimasi incinta di due gemelli! La notizia non ci spaventò, volevamo una famiglia numerosa, quello che non sapevamo era che una gravidanza gemellare non è proprio semplicissima, ma lo scoprimmo dopo qualche mese.

Ero una sorvegliata speciale, non so se avessero già intuito che qualcosa potesse andare male o se fosse una prassi per le gravidanze gemellari, fatto sta che andavo in visita ogni 15 giorni. La cosa mi piaceva perché potevo vedere i progressi dei miei cuccioli e anche perché mi sentivo protetta.

Alla 20ª settimana, durante la morfologica rilevarono un ritardo di crescita soprattutto nel maschietto, perché... sì, da poco avevamo saputo che erano una femmina e un maschio! Il mio sogno che si realizzava.

La flussimetria era un pochino alterata e la mia pressione aveva iniziato ad alzarsi, quindi ci consigliarono di eseguire il monitoraggio dei flussi in un centro di terzo livello.

Anche qui venne confermata l'alterazione dei flussi, la mia pressione alta e il ritardo di crescita del bambino. Da quel momento in poi ci presero in carico e fummo seguiti dal centro GAR. Iniziavamo a preoccuparci per la salute dei bambini e per la mia, visto che iniziavo a lamentare dei dolori molto forti allo stomaco, scambiati per fitte intercostali.

Ci ricoverarono dopo una visita di controllo, una doccia fredda: la pressione era molto alta e dalle analisi risultava un abbassamento delle piastrine. Iniziarono la profilassi di cortisone per la maturazione dei polmoni dei gemelli.

Cercarono di stabilizzarmi la pressione per guadagnare qualche settimana o giorno, ma le analisi continuarono a peggiorare, c'era anche una forte proteinuria nelle urine e il dolore al costato aumentava. Ormai sapevano che si tratta del tipico dolore a barra della preeclampsia. Cercarono di tenermi tranquilla e rassicurarmi, nel frattempo allertarono la Terapia Intensiva Neonatale: da un momento all'altro la situazione sarebbe potuta precipitare. Eravamo arrivati alla 28ª settimana.

Tirammo avanti così per tre giorni, alla fine la pressione non si teneva, il fegato e i reni iniziarono a dare segni di disfunzione e non fu più possibile attendere oltre: bisognava farli nascere per salvare la vita di tutti e tre.

Alle 18:14 di un martedì di luglio nacque Ambra con un peso di 955 g e alle 18:30 nacque Sergio con un peso di 820 g, entrambi con un ritardo di crescita.

Io dopo il parto mi ripresi subito, quattro o cinque giorni e la pressione si regolarizzò e le alterazioni del sangue iniziarono a rientrare velocemente nella norma.

I gemelli rimasero ricoverati per più di 100 giorni in Terapia Intensiva Neonatale, ma alla fine vennero a casa con noi, sani e salvi.

Oggi sono vispi e allegri, rispondono bene a tutti gli stimoli, il loro sviluppo è un pochino in ritardo vista la loro storia di gravi prematuri, ma non desta preoccupazione. Con il tempo recupereranno.

Non finirò mai di ringraziare i medici che ci hanno salvato la vita e non smetterò mai di raccontare la mia storia alle donne per divulgare la conoscenza di questa patologia. A volte mi accusano di fare terrorismo e di spaventare le donne, io sono consapevole che sia meglio impaurite che morte. Quindi continuerò a mettere la pulce nell'orecchio di qualche madre che presenta anche solo un sintomo e le spingerò a fare qualche controllo in più piuttosto che in meno.

Grazie a Diana per avermi dato l'opportunità di raccontare, ancora una volta, la mia storia, la storia di tutte le donne.

Esiste

Ogni persona che passa
su questa terra
esiste!
È destinata
a lasciare il segno.
Un'impronta
sul cammino
nelle anime pure
nei cuori.
Grande o piccolo
esso sia,
questo segno
è indice di identità,
dignità,
speranza.

Sintetizzando: preeclampsia, sindrome HELLP, gestosi, queste sconosciute! Ai nostri giorni, nel nostro millennio, non si può ancora avere tanta ignoranza su una delle problematiche più gravi della gravidanza. Non esiste solo la gravidanza fisiologica, esiste anche, purtroppo, la gravidanza ad alto rischio ed è giusto che tanti medici ginecologi si aggiornino sul problema.
Marina

La preeclampsia ha rappresentato, per me, la fine!
L'addio alla spensieratezza, ai sogni, al futuro.
Mi ha rubato l'anima portandosi via mia figlia e la possibilità di avere altri figli.
Ma mi ha dato anche la possibilità di rivedere la mia vita e di cambiarla, migliorarla. Mi ha donato la consapevolezza che ogni attimo vissuto è un attimo di gioia, nonostante tutto.
Diana

La battaglia contro la sindrome HELLP l'abbiamo vinta io e mio figlio, ma la guerra, forse, l'ha vinta 'lei' lasciandomi l'impossibilità di essere felice di questo, come dovrei essere. Sono sopravvissuta, il mio meraviglioso bambino è con me eppure non riesco a goderne appieno. E questo 'lei' non lo merita e soprattutto non lo meritano tutte le donne che non ce l'hanno fatta. «La gravidanza sarà il periodo più bello della tua vita» mi dicevano. E lo è stato, finché ho scoperto che per avere un bambino non bastava finalmente riuscire a concepirlo. Portare a termine una gravidanza non è per nulla scontato.
Antonella

La prescelta

(racconto ispirato a una storia vera)

L'autista diede una brusca frenata e quasi tutti gli occupanti dell'autobus fecero un balzo in avanti. Samantha rischiò di finire in braccio a un'anziana signora seduta di fronte a lei. Rimettendosi in piedi, si premurò di non averle fatto male e si scusò ripetutamente. L'anziana la trattenne per un braccio e la fissò dritta negli occhi senza rispondere.

Temendo di averla colpita, Samantha ripropose la domanda: «Signora, sicura che non le abbia fatto male?»

La donna la tirò a sé e con un filo di voce le annunciò: «Questa bambina è destinata a salvare tante vite!» Con l'altra mano le toccò la pancia. Ebbero entrambe un sussulto, come con una scossa elettrostatica.

«Signora…» balbettò di rimando Samantha arrossendo «io non posso avere figli!»

Quella era una ferita aperta che la faceva stare male e, ogni volta che si cadeva sull'argomento, si sentiva inadeguata, diversa, incapace. Una fallita.

Cercò di divincolarsi dalla stretta per rimettersi in posizione eretta, ma la vecchia la trattenne e la fece chinare ancora su di lei con uno strattone che la costrinse a piegarsi fino a portare l'orecchio all'altezza della sua bocca. «La tua bambina è una *prescelta*, tu dovrai essere molto forte e coraggiosa!»

«Basta!» tagliò corto Samantha. I passeggeri che, nel frattempo, avevano ripreso i loro posti e stavano discutendo animatamente sulla guida nervosa dell'autista, al suo grido tacquero e si voltarono verso di lei.

L'autobus si fermò e Samantha decise di impulso di scendere due fermate prima della sua e sgusciò dalle porte che ancora non erano del tutto aperte. Due, tre falcate per allontanarsi da quell'assurda situazione e dagli occhi indiscreti e curiosi della gente. Ebbe un mancamento. Le capitava spesso ultimamente: colpa del caldo, dello stress, del lavoro in panetteria che la obbligava a stare tutto il giorno in piedi. Dovette appoggiarsi con una mano al muro di uno stabile per non perdere l'equilibrio, con il fiato corto e la voce della vecchia che le rimbombava nelle orecchie.

«Quanta cattiveria e poco tatto!» ringhiò riprendendo possesso della sua persona e iniziando a camminare. Quella situazione sgradevole le aveva lasciato un sapore amaro in bocca. In preda a un attacco di nausea, si fermò di scatto e tirò lunghi respiri. Colpa del nervoso. Se la prendeva sempre troppo.

Camminando verso casa, rimosse l'episodio e riprese la sua quotidianità come se nulla fosse accaduto; fino a tre notti dopo, quando sognò l'anziana che reggeva in braccio una neonata, la cullava e le cantava una ninnananna.

La vecchia dall'aspetto familiare le porse la bimba. «La vuoi?»

Intenerita da quella scena, Samantha rispose: «Sì, la vorrei, ma non posso...»

«Certo che puoi! È tua!» La vecchia protese le braccia e le consegnò il fagottino, lei lo prese con delicatezza e con timore. Era così piccola che aveva paura di romperla.

Fu l'unica volta che prese in braccio sua figlia, e provò una sensazione indescrivibile, fatta di pace e serenità mai provate. Il cuore le scoppiava in petto dalla felicità.

«È questo che si prova a essere madre?» chiese alla donna.

«Sì, una sensazione unica, vero?»

«Sarebbe troppo bello se solo fosse vero, ma è un sogno, ne ho coscienza». Stese le braccia per riconsegnare quella meraviglia che teneva nei palmi delle mani a chi l'aveva creata nella sua mente. Già le mancava.

Ma la vecchia la fermò con un gesto della mano. «Tienila ancora un po', non ti ricapiterà più!»

A quelle parole tutto svanì e lei si svegliò piena di tristezza. Non fu più in grado di ricordare le parole della ninnananna. Per un attimo, un solo attimo, aveva provato la gioia di essere madre. Rimase turbata per tutto il giorno.

Il mattino seguente, ancora assonnata e con i capelli arruffati, prese dall'armadietto del bagno un test di gravidanza, una consuetudine consolidata negli anni, un'inutile tortura alla quale si sottoponeva ogni mese; non ricordava nemmeno quando aveva iniziato a tormentarsi così.

Conosceva già il risultato, ma quell'insieme di mistero e aspettativa la induceva a rispettare il rito della delusione, mese dopo mese, anno dopo anno.

Samantha era affetta da endometriosi e si era sottoposta a ogni tipo di esame, invasivo o meno, e a vari tentativi di fecondazione assistita, tutti negativi.

Poggiò il test attivato sul lavandino e lo ignorò così come faceva tutte le volte, si lavò e si trasferì in cucina per fare colazione. Quando si apprestò a prepararsi per andare al lavoro, buttò un'occhiata al test, e mentre la sua mano si mosse in automatico per gettarlo la sua mente registrò una cosa inaspettata: due linee rosa!

Si sedette sul water con il test in mano e gli occhi sgranati, incredula.

"Un errore, è ovvio" pensò.

La vecchia sull'autobus. Quel sogno l'aveva suggestionata e ora aveva le traveggole e vedeva la tanto desiderata seconda riga.

Uscì di tutta fretta. Era ancora in tempo per andare al laboratorio a fare le analisi, l'unico modo certo per mettere fine a quell'illusione. Passò tutta la mattina con il pensiero fisso a quelle due lineette, le ore sembrarono non passare mai; si ripromise ancora una volta di non cedere all'ansia e di far finta di nulla, pensando così di riuscire a tenere a bada la delusione per l'esito negativo.

Che immancabilmente arrivava a confermare la sua infertilità.

Invece finì per chiamare il centro analisi un'ora prima, nella speranza di avere il risultato. Le dissero di richiamare nell'orario corretto: non prima delle 16:00.

Era così agitata che le tornò la nausea.

Alle 16:00 in punto riprovò a telefonare.

«Signora, sono 187!» fu la risposta, a lei incomprensibile, che ricevette.

«Scusi?» chiese perplessa.

«187! Le Beta hCG sono positive! Rifaccia le analisi la prossima settimana e se sono cresciute fissi un appuntamento con il suo ginecologo».

«Ma... sono incinta?»

«Lei è del 1967, giusto?»

«Sì, perché?»

«Alla sua età dovrebbe saperlo che con un test positivo e la presenza delle Beta nel sangue... Insomma... sì. Sì! È incinta, congratulazioni!»

Samantha chiuse gli occhi e riattaccò il ricevitore senza nemmeno ricordare se avesse salutato. Finito l'orario di lavoro, tornò a casa come un automa. In bagno troneggiava ancora, sul lavandino, il test fatto alla mattina. Mancava poco al rientro del suo compagno ed ebbe uno strano presentimento. Non gli aveva mai raccontato del piccolo incidente sull'autobus, dell'anziana-oracolo e delle sue parole: «Lei è una *prescelta*!» E tutto stava accadendo, era incinta e non sapeva cosa fare.

Si preparò per annunciarlo al futuro papà. Certo, non avrebbe potuto essere come nei suoi sogni da ragazza in cui fantasticava pacchettini regalo contenenti un ciuccio o un paio di scarpine, o il test positivo con un biglietto d'auguri. Non fece niente di tutto questo, dieci anni di tentativi avevano fatto perdere tutta la poesia. Così, appena Michele varcò la soglia, semplicemente esclamò: «Sono incinta!»

Ci avevano scherzato sopra tante di quelle volte che lui non prestò attenzione alla notizia. Metodico come sempre, si cambiò gli abiti e andò in bagno.

Lei, fiduciosa, rimase in piedi davanti alla soglia dove l'aveva accolto. Ascoltò l'acqua scendere abbondante, poi l'inconfondibile rumore del deodorante spray.

Michele uscì brandendo il test. «Sei incinta!» affermò dimostrando un notevole self-control, o forse era il suo modo per sopravvivere alle delusioni accumulate negli anni passati. «Ora che si fa?»

«Bu» rispose ingenuamente lei allargando le braccia e alzando le spalle.

Risero, cenarono, brindarono chiedendosi se fosse concesso un bicchiere di vino e risero ancora, ebbri di gioia, fino a quando lei iniziò a vomitare. La presenza di questo bambino era già parte della famiglia.

E così iniziò il periodo dell'attesa e della gioia, della felicità senza pensieri, delle visite senza preoccupazioni. Tutto filava liscio, la pancia cresceva, il loro amore anche.

Ogni tanto Samantha accennava alla storia della vecchia premonitrice, al fatto che la loro bimba – l'ecografia aveva confermato che era una femminuccia – era una *prescelta* e ci ridevano su con tutto il rispetto che provavano per quella vecchia squinternata. Tutto quello che volevano era di essere in grado di donare il meglio alla loro piccina. *Prescelta* o meno, quel piccolo miracolo meritava una vita semplice e ricca di amore.

Verso il settimo mese, Samantha iniziò a essere sempre più stanca, la gioia si affievolì e le ore di sonno si accorciarono, così come il fiato. Veniva però rassicurata a ogni visita: era tutto nella normalità.

La notte era investita da brividi e tremori di freddo che la costringevano a rannicchiarsi su se stessa e coprirsi con molte coperte, che non servivano a farle smettere di battere i denti.

Ostetriche e ginecologo sembravano un disco rotto: «Tutto normale, non si preoccupi!»

Ma lei, in cuor suo, sentiva che qualcosa non andava. Un presentimento, come il giorno in cui aveva scoperto di essere incinta.

Rinchiuse tutti i suoi pensieri, le sue ansie e le sue preoccupazioni nella frase dell'anziana: «Questa bambina è destinata a salvare molte vite!»

Si rassicurò accoccolandosi dentro quelle parole, prendendole per certezze. A sua figlia non sarebbe mai capitato nulla di brutto, era destinata a grandi cose; doveva nascere, vivere, studiare per salvare la vita degli altri. Se la immaginava il giorno della laurea in medicina, o biologia o chissà cos'altro. Se la immaginava chiusa in un laboratorio a fare ricerche.

Pensava in grande, Samantha, e la vedeva adulta a ritirare il Nobel per chissà quale scoperta che aveva rivoluzionato il mondo della medicina. Altri giorni la vedeva a capo di qualche dipartimento dell'ONU intenta a organizzare e fornire appoggio logistico alle missioni di pace. Pensava in grande, Samantha, mentre la sua pancia rimaneva piccola, il freddo percorreva le sue ossa e le fitte alla bocca dello stomaco erano così violente da toglierle il fiato. Pensava in grande, Samantha, immaginando sua figlia a capo di una ONLUS che portava viveri ai bambini poveri dell'Africa, mentre non si cibava più e, nonostante le privazioni, aumentava di peso.

I medici la rimproveravano, non credendole, di mangiare troppo e la incitavano a mettersi a dieta, ignorando le sue affermazioni sul fatto che i dolori allo stomaco non le permettevano di nutrirsi e che l'aumento di peso era ingiustificato.

In sostanza non la stavano ascoltando.

Una mattina gli spasmi si fecero così acuti che l'unica scelta possibile fu andare in pronto soccorso dove la ricoverarono per una gastroenterite: una diagnosi errata che per poco non le fece perdere la vita.

Dopo poche ore dal ricovero la situazione precipitò con violenza inaudita: iniziò ad avere conati di vomito e a nulla servirono i medicinali iniettati direttamente in vena poiché le pastiglie le rigettava. Il suo colore giallastro venne ignorato, e nel frattempo il suo fegato smise di lavorare, i reni vennero compromessi, il sangue si riempì di tossine e Samantha collassò.

Ricoverata nel reparto di Terapia Intensiva – comunemente

chiamata rianimazione – fu sottoposta a trasfusioni di sangue e plasma, albumina e piastrine. Le fu praticata per molti giorni la plasmaferesi e grazie agli sforzi dei medici e del personale la situazione fu stabilizzata.

Nonostante tutto Samantha ostentava una certa sicurezza, forte della convinzione che non sarebbe potuto accadere nulla di brutto alla *prescelta* e, quindi, nemmeno a lei. Fu così che quando la bambina nacque gravemente prematura il suo unico pensiero fu quello di attendere che crescesse, alimentato anche dai neonatologi che erano positivi.

Ma una sera, dopo tre giorni, la bambina morì per un'emorragia cerebrale e il mondo crollò addosso a Samantha e al suo compagno. Rientrata a casa dall'ospedale con le braccia vuote, si rese conto di essersi appoggiata a un'illusione per evitare di prendere coscienza della realtà e perché non sopportava l'idea che qualcosa sarebbe potuto andare male. Ma ora era lì, dentro quelle quattro mura che una volta chiamava casa, con il cuore a pezzi, a fare i conti con tutti gli anni di tentativi e con l'avere sfiorato il paradiso per poi precipitare all'inferno. Non era più inadeguata, diversa, incapace, una donna fallita. No: ora era, anche, una madre che aveva generato morte!

«Come si può resistere sentendosi madre senza un figlio da accudire?» era la domanda più frequente che si faceva guardandosi allo specchio e vedendo il riflesso di una donna che non conosceva, invecchiata, brutta, trasandata.

Iniziò a cercare su Internet casi come il suo per capire cosa fosse successo a lei e a sua figlia, ma non trovò quasi nulla, giusto un sito americano che trattava l'argomento superficialmente.

Iniziarono lunghe notti di ricerche, studi, appunti, fogli e fogli di scritti e contatti di medici che, anche solo una volta, avessero trattato l'argomento.

Si rese conto che tutte le sue ricerche avrebbero potuto – o meglio, *dovuto* – essere a disposizione di altre persone, si chiese quante donne stessero cercando informazioni sullo stesso argomento e, non trovando nulla, vivessero la stessa feroce solitudine interiore che provava lei. Le sentiva, le percepiva dall'altro capo della rete, doveva fare in modo che la potessero trovare. Non era pratica di computer, così chiamò in aiuto la sua nipote esperta di informatica e le propose: «Voglio fare un sito! Mi puoi aiutare?» Tempo una settimana, e il sito era online con una piattaforma forum. Solo che non sapeva da dove iniziare ed era tutto molto complicato.

Ma la sua mano venne guidata da un essere superiore – e, più pragmaticamente, dalla nipote – e tutto iniziò a prendere forma. In men che non si dica, quel *vuoto* che la circondava a livello sociale si riempì in modo virtuale.

Samantha inserì dati, ricerche, studi, collegamenti, e le mamme iniziarono ad arrivare. Tante. Troppe.

Scoprì così di non essere sola. Erano veramente un'infinità le donne, madri di figli che non c'erano più, che erano state colpite da questa patologia che piano piano diventava sempre meno rara. Si creò un *luogo* virtuale, dove queste madri speciali si scambiavano le loro esperienze e si circondavano di affetto tangibile superando la barriera del web, organizzando incontri, scambi di lettere, cartoline per le festività e regali per i figli arrivati dopo la perdita.

Ma a Samantha non bastava, voleva *capire* e, soprattutto, evitare che altre donne subissero la sua pena e che altri bambini morissero a causa di questa patologia.

Inaspettatamente una mamma la mise in contatto con un professore di Bologna specializzato in cura della preeclampsia. Senza esitare un solo attimo, Samantha saltò sul treno e andò a incontrarlo. All'inizio fu timida, impacciata, poi lasciò che le parole sgorgassero dal suo cuore o forse dalla voce della sua bimba, della *prescelta*. Il professore rimase così colpito che la invitò a parlare a un congresso nazionale sulla preeclampsia.

Durante i tre giorni di congresso furono tutti molto gentili con lei che, si vedeva, era spaesata. Lei, che non aveva mai fatto nemmeno una gita da sola, si trovava lontana da casa a parlare a professori di una cosa che conosceva appena. Eppure fu un grande successo e gli inviti iniziarono ad arrivare da parecchi medici, in diverse città. Lei andava, preparava la sua piccola valigia riempiendola di vestiti e di umiltà, prendeva il treno a spese sue, e andava a raccontare la sua storia e quella di tante donne come lei. Ma a Samantha non bastava, lei voleva di più. Aveva promesso sulla tomba di sua figlia che avrebbe fatto in modo che le donne non patissero il suo stesso dolore. E così le avvisava, le metteva in guardia e molto spesso veniva insultata da chi, ignorando la crudeltà della patologia, difendeva le povere gravide dal suo *terrorismo*. Non era estremista come altri, semplicemente, invitava ad andare dal ginecologo se c'era un sospetto o un sintomo. S'inimicò parecchie persone, le quali sostenevano che la gravidanza non è una malattia. Le importava poco, aveva una missione e la portava avanti.

Samantha salvò anche qualche vita, esortando le mamme in difficoltà ad andare al pronto soccorso e con la divulgazione dei sintomi della patologia. Rese le donne più consapevoli della loro gravidanza.

Ma ancora non le bastava. Fondò un'Organizzazione di Volontariato ONLUS e iniziò a chiedere finanziamenti per creare opuscoli divulgativi in collaborazione con eminenti professori che apportarono i loro contributi scientifici, da distribuire nei consultori e in ogni luogo opportuno: i fondi vennero stanziati in conformità ai progetti.

La sua ONLUS iniziò a organizzare una conferenza al mese e un gruppo settimanale di auto-aiuto nella sua città, poi in altre città, sempre appoggiata da persone competenti e preparate che erano felici di collaborare alla sua causa. Ma ancora non bastava.

Fu invitata a tenere una lezione presso un'università, lei che aveva la terza media e nessun timore di dirlo. A quel punto, la cosa fece indispettire qualcuno e iniziarono i guai.

Nel suo gruppo virtuale si insinuarono falsi profili che iniziarono a fare opera di disturbo e a dare il via a una campagna denigratoria sulla sua persona con un serpeggiare di calunnie e malignità. Alla fine il forum implose fra litigate e fraintendimenti.

Le nuove arrivate vennero contattate in privato e dirottate in altri siti, mentre le veterane – già provate dallo straziante dolore per la morte dei loro figli – nonostante i tentativi non ebbero la forza di mantenere coeso il gruppo.

Samantha abbassò la testa, ma non in segno di resa. Aveva una missione da compiere, con tutti o contro tutti.

Una notte la tornò a trovare in sogno l'anziana dell'autobus che, dopo tanti anni, aveva quasi dimenticato. «C'è un giovane medico in Sicilia che ha avuto un'intuizione per individuare le donne che possono sviluppare la patologia in gravidanza» le disse serenamente, si voltò e si allontanò fino a scomparire nella nebbia.

Il mattino seguente, senza esitare un secondo, annunciò che avrebbe indetto un premio di ricerca per giovani ricercatori. Propose l'iniziativa a un professore di Roma e dopo pochi mesi si recò nella capitale per partecipare al Congresso Internazionale Preeclampsia, dove fu premiato un giovane dottore siciliano la cui ricerca era stata giudicata la migliore dai più eminenti luminari d'Italia.

Ormai era circondata da poche e fedeli amiche e aveva contro di sé il resto del mondo. Le delusioni, gli abbandoni, le litigate continue la sfiancarono e la spinsero in una forte depressione. Il suo compagno, che l'aveva affiancata in tutto il suo percorso, iniziò a preoccuparsi per la sua salute.

Ma lei non aveva alcuna intenzione di mollare. La missione non era ancora compiuta.

La rete non perdona, lo aveva scoperto a sue spese. L'isolamento era diventato pressoché totale, il forum deserto. Si trasferì sui social network e lì le cose andarono anche peggio. La sua pagina fu accolta con gioia dalle sue fidate compagne di viaggio, ma segnalata e a ritmi regolari sospesa, perdendo così l'utilità degli eventi dei gruppi di auto-aiuto, dei congressi e delle conferenze.

Il colpo di grazia, poi, fu devastante: venne indagata per un reato che non aveva commesso e interrogata dalla polizia, sia pure con delicatezza e comprensione.

Davanti alla porta del Commissariato, chiuse tutte le sue lacrime dentro il cuore. Ne uscì distrutta, psicologicamente e moralmente. Fu prosciolta, ovviamente.

Ci rimise soldi e salute, ma soprattutto ci rimise l'ingenuità.

Era cresciuta Samantha, e non credeva più nella bontà e nella solidarietà. Depose le armi di una guerra che l'aveva vista perdente dall'inizio e preferì ritirarsi per la salvezza di sé, del suo matrimonio, di quello che rimaneva di buono del ricordo di sua figlia. In suo nome aveva fatto tutto e aveva fallito. Un'altra volta.

E un'altra volta si sentì inadeguata, incapace, fallita, una madre che aveva generato morte e non aveva mantenuto la promessa.

Liquidò l'ONLUS, abbandonò tutte le ricerche, si buttò alle spalle dieci anni di lavoro, chiuse forum e sito, chiuse gruppo e pagina social, chiuse le persiane e chiuse la porta al mondo.

Domandò perdono alle amiche che avevano riposto la fiducia in lei, chiese scusa ai medici che tanto l'avevano aiutata, a suo marito per averlo trascurato in quegli anni, chiese scusa a sua figlia… dimenticò di chiedere scusa a se stessa per il suo essere fragile.

Dopo qualche anno fu contattata dal giovane ricercatore – ormai medico affermato – il quale le comunicò che la sua ricerca era diventata realtà, che era in fase di sperimentazione e stava dando risultati molto positivi per individuare le donne a rischio preeclampsia.

Sorrise ripensando alla vecchia e la sua profezia.

Si era avverata. Senza quella gravidanza non si sarebbe mai interessata a quella patologia. Sua figlia era davvero stata la *prescelta*, il motore da cui era partito tutto.

Ringraziamenti

Grazie a tutte le madri speciali che hanno affrontato questa patologia con coraggio, spero vi sentiate meno sole.

Grazie alle amiche speciali che hanno voluto contribuire alla stesura di questo libro donando le loro testimonianze.

Grazie a Roberta, instancabile e disponibile, che si prende cura dei miei libri e fa sì che vengano pubblicati.

Grazie a tutti, dottoresse e dottori, che ogni giorno si dedicano alla cura, alla ricerca scientifica, alla divulgazione di questa patologia.

Grazie a voi, amiche e amici lettori che avete scelto una lettura emozionante e complicata. Siate divulgatori, assieme a noi, affinché altre donne possano trovare conforto in queste righe.

Promessa mantenuta.

Fammi sapere se ti è piaciuto, seguimi su:

Amazon
amazon.it/Diana Mayer Grego

Facebook
fb.com/DianaMayerGregoScrittrice

Instagram
instagram.com/dianamayergrego

Twitter
twitter.com/DianaMayerGrego

Biografia

Diana Mayer Grego nasce a Trieste e, fin dall'adolescenza, coltiva due grandi passioni: scrivere e fare volontariato, alle quali dedica gran parte del suo tempo.

Opere
2009: *Le testimonianze delle mamme di angeli*
libro d'esordio: racconti struggenti sul lutto neonatale. (Sulle Ali Di Un Angelo, Trieste, 2009) (esaurito)
2012: *Il tempo relativo*
silloge di poesie dedicate alla figlioletta, prematuramente scomparsa, in un dialogo senza tempo. (Montecovello, Roma, 2012) (nuova edizione 2018)
2015: *Là dove arrivano gli angeli*
raccolta di racconti e poesie ispirati a storie realmente accadute (nuova edizione 2018)
2017: *#ricordatidiesserefelice*
raccolta di pensieri e poesie per ricordarci che c'è ancora bisogno di felicità – secondo posto al Concorso 'Bestseller in un cassetto' (Lupieditore, Sulmona, 2017) (nuova edizione 2018)
2018: *Sopravvissute*
diari intimi di madri coraggiose colpite, durante la gravidanza, dalla preeclampsia, malattia che mette in serio pericolo la vita della donna e del nascituro.

Premiata a numerosi concorsi nazionali e internazionali di prestigio, fra cui **Targa di Merito Poetico** al **Premio Alda Merini di Poesia** (Accademia dei Bronzi) per sei anni consecutivi.

Le sue poesie e racconti, a seguito di partecipazioni a concorsi letterari, sono presenti in più di trenta pubblicazioni.

Indice

Introduzione...8

Cos'è la preeclampsia?...12

Alba al Passetto..22

Ricordi nascosti..32

Mi dispiace, non c'è battito!....................................40

Una gravidanza lunga...48

Ti leggo una fiaba...56

La mia piccola è sempre con me...............................68

A Vittoria..78

Abbiamo vinto noi...86

Madre per sempre..92

Se solo..104

Silenzio..110

Una vita perfetta...116

Una gravidanza splendida.....................................124

Ci hanno salvato...132

La prescelta..138

Ringraziamenti..152